Siegfried Binder

Wege durch die Finsternis

Erzählungen

Die Handlung dieser Erzählungen sowie die darin vorkommenden Personen sind frei erfunden, eventuelle Ähnlichkeiten mit realen Begebenheiten und tatsächlich lebenden oder bereits verstorbenen Personen wären rein zufällig.

Bibliografische Information der Deutschen Nationalbibliothek
Die Deutsche Nationalbibliothek verzeichnet diese Publikation in der Deutschen Nationalbiografie; detaillierte bibliografische Daten sind im Internet über http://dnb.d-nb.de abrufbar.

© 2016 Siegfried Binder
Herstellung und Verlag: BoD - Books on Demand, Norderstedt
Satz, Layout: Ross Werbedesign, Soest
Titelbild: © Gemälde „Der Seher" von Michael Fischer-Art, Leipzig, 1996

ISBN 978-3-7392-3900-2

Wir werden ungefragt ins Dasein gestellt.
Gib Antwort:
Was machst Du aus Dir und Deiner Welt?

Inhalt

Das schwarze Elefantenhaar 7

Der Sprung ins Leben 36

Das Beil 58

Stalking 69

Das Kind 88

Im Todesspiegel 97

Die Zeit des Johannistriebs 123

Die Bekenntnisse der heiligen Lisa von Soest 127

Das schwarze Elefantenhaar

1

Es ging ihm nicht darum, die Verhältnisse zu bessern, den Menschen zu helfen oder ein Ideal zu verwirklichen. Es ging ihm darum zu brillieren, Beachtung zu finden, wirkungsvoll in Erscheinung zu treten. Er war ein bekannter Strafverteidiger in einer Millionenstadt. Er verteidigte nach den Möglichkeiten des Gesetzes, verstand es aber, den Wortlaut und den Sinn des Gesetzes nach eigenem Gusto zu interpretieren. Sein Erfolgsmaßstab war die gefühlte Selbstbestätigung. Die zu erlangen war in seinem Beruf schwierig. Die Gerichte folgten seinen mit Verve vorgetragenen Argumenten nur selten, wiesen häufig seine Beweisanträge zurück oder erklärten sie für unzulässig. So hatte er fortwährend existentiellen Frust zu ertragen. Er reagierte auf die Versagungen auf formalrechtlicher Ebene mit der Taktik der Prozessverschleppung. Im vertraulich-persönlichem Gespräch fand er nur selten anerkennenswerte Worte für Richter und Staatsanwälte. In seinem Stolz verletzt, charakterisierte er sie so, wie er selbst war: rechthaberisch. Er reflektierte nicht, dass er nicht Recht oder Unrecht, Wahrheit oder Unwahrheit, Schuld oder Sühne vertrat, sondern sein narzisstisches Ich. Im Zorn verstieg er sich zu unbedachten Äußerungen. Seine Kontrahenten würden die Würde seiner Mandanten missachten oder hätten erkennbar Vorurteile gegen sie. Sein forsches Auftreten vor Gericht machten ihn bei Straftätern bekannt und bei seinen Mandanten beliebt. Als Anwalt agierte er in der jeweiligen Sache nicht aus innerer Überzeugung. Er identifizierte sich mühelos mit Beschuldigten und Verurteilten. Das fiel ihm leicht, denn er hatte keine verinnerlichte und verfestigte Überzeugung. So ließ er sich leiten, managte sich selbst, war erfolgreich und verfehlte doch seine Bestimmung.

2

Staatsanwalt Agon mochte etwa fünfundvierzig Jahre alt sein. Hochgewachsen und schlank, war an ihm alles feingliedrig. Der Korpus, die Hände, die schmale Kopfform. Er trug eine Brille, seine Augen blickten freundlich und lebhaft. Die Augenfältchen verrieten, dass er gern lachte. Seine leise und beruhigende Sprechweise, seine verhaltene Mimik und Gestik charakterisierten ihn vom ersten Eindruck her als offen, zugänglich und besonnen. Ihm gegenüber saß ein junger Mann. Der Staatsanwalt wollte ihn persönlich vernehmen, zum einen, weil der Beschuldigte Sohn eines renommierten Strafverteidigers, zum anderen, weil die Sache von besonderem öffentlichen Interesse war. Herr Agon eröffnete das Gespräch mit der vorgeschriebenen Belehrung. Jeder Beschuldigte habe das Recht zu schweigen und brauche weder zur Sache noch zu anderen Themen aussagen.

„Sie heißen Johannes F. Und wurden am 05.08.1994 in Göttingen geboren?"

„Nein."

„Was ist daran falsch?"

„Ich heiße Muhamed Abuiada."

„Ihr Pass weist Sie als Johannes F. aus."

„Das war ich in der Vergangenheit. Im Irak bin ich zum Islam konvertiert und habe als neuen Vornamen Muhamed und als Familiennamen Abuiada angenommen. Muhamed als Ausdruck meiner Bereitschaft zur Nachfolge des Propheten und Abuiada als Ausdruck meiner Verehrung zu meinem damaligen Hodscha und Kommandeur. Abuiada bedeutet Vater des Apothekers. Ich bitte Sie, mich mit Muhamed anzusprechen."

„Muhamed, Sie sind in Göttingen zur Welt gekommen, darf ich

etwas über Ihre Familie erfahren?" „Ja, mein Vater ist Anwalt, meine Mutter ist Hausfrau. Ich habe noch zwei jüngere Geschwister, einen Bruder und eine Schwester. Unsere Erziehung war ganz auf Leistung abgestellt. Wir hatten auch nur Freunde aus der besseren Gesellschaft. Wir wurden modisch gekleidet und trugen nur Designerklamotten. Die Ferien verbrachten wir sommers auf Mallorca, in den Emiraten, an der Nordsee oder sonst wo, winters fuhren wir in die Alpen zum Ski fahren. An den Wochenenden bereisten wir Berlin, Paris, London oder Rom. Das war Livestyle und verschaffte Ansehen. Tatsächlich waren wir gejagt, gehetzt und gestresst. Als Kind betrachtete ich bei den Großeltern oft die Bronze eines Buddha. Es ist ein Ruhe-und Besinnungsbild, dass Friede und Gelassenheit den Menschen verspricht, wenn sie in sich selber wohnen und frei von Wünschen sind. Das kannten wir nicht. Nach jedem erfüllten Wunsch meldeten wir neue Wünsche an."

Der Staatsanwalt wandte ein. "Es klingt vorwurfsvoll, was Sie sagen. Ihre Eltern haben Ihnen ein sorgloses und abwechslungsreiches Leben geboten. Ausdruck ihrer Liebe. Irgendwie doch beneidenswert."

„Das mag sein. Auf jeden Fall war ich froh, als ich nach dem Abitur das Elternhaus verlassen konnte und in Freiburg mein Studium antrat. Ich bezog dort ein Zimmer in der Kronenstraße, nur wenige Gehminuten von der Uni entfernt. Ich schrieb mich für Geschichte und Arabistik ein und fand endlich Zeit zum Lesen und zum Nachdenken. Im Rahmen des studium generale hörte ich Vorlesungen aus allen Gebieten der Wissenschaft. Mein Gesichtskreis erweiterte sich. Ich beteiligte mich an Diskussionen in wissenschaftlichen, politischen und religiösen Seminaren und Zirkeln. Mir wurde mit Erschrecken bewusst, dass wir in einem christlich geprägten Land leben und uns darauf berufen, aber keine Christen sind. Wir glauben nicht mehr an

einen Gott. Gott ist tot. Er gilt als erdachte Symbolfigur. Es habe nie einen Gott gegeben, der uns den Odem des Lebens eingehaucht, die zehn Gebote aufgeschrieben und die Auferstehung nach dem Tode versprochen habe. Mit dem Abgesang Gottes sind Glaubensinhalte und letzte Werte hinfällig geworden. Nichts ist mehr heilig, unantastbar und zeitlos gültig. Der Schwur ist brüchig, die Wahrheit ist relativ, das werdende und das sterbende Leben ist frei verfügbar geworden. Es werden von den scheinbar legitimierten Herrschenden Gesetze erlassen, an die sie sich selbst nicht halten und je nach Interessenlage, Nützlichkeit oder Mehrheitsmeinung modifiziert, verworfen oder inhaltlich neu geschrieben werden. Die Medien werden manipuliert. Ich habe erkannt, dass wir in einer absterbenden Gesellschaft leben, weil uns der Zukunftsglaube abhanden gekommen ist und uns Geistigkeit und Zukunftsvisionen fehlen. Wir leben auf Kosten anderer im materiellen Überfluss und vergessen, dass der Mensch nicht nur vom Brot allein lebt. Wir diskutieren nicht über zukünftige Sozialordnungen, über das Endschicksal von Mensch und Welt und über die letzten Dinge, sondern einfältig über Urlaub, Auto, Mode, Fernsehen und seine Stars. Man will den Tod nicht wahr haben, schaut weg und sieht nicht den gefräßigen Schlund, der alles Geistige verschlingt. Man stürzt sich in die Lustbarkeit und betet zu den Götzen des Erfolgs, der Macht und des Geldes, beschwört das Bewusstsein als Funktion der Materie, eilt dem Tod voran mit Euthanasie oder lässt sich als Höhepunkt der Dummheit für die Ewigkeit vereisen. Es ist parfümierte Fäulnis ohne humanes Ziel und Überlebenswahrheit. Deshalb das Aufbegehren junger Menschen. Sie wollen eine bessere Welt.
Eines Tages nahm ich in der Institutsbibliothek den Koran zur Hand, schlug ihn auf und war beeindruckt von seinem Inhalt und seiner Sprache. Die Sprache ist in Teilen gewalttätig und erotisch,

poetisch und spirituell. Sie malt mit kräftigen Farben geheimnisvolle Bilder in die Seelen der Menschen. Wer des Arabischen mächtig ist, wird durch ihre sprachliche Rhythmik, Lautmalerei und Melodik in Bann geschlagen und fasziniert allein dadurch. Mir schien, dass hier die Einheit von Mensch, Geist und Welt beschworen wird. Ich setzte mich intensiver mit dem Islam auseinander, vervollkommnte meine arabischen Sprachkenntnisse und beschloss, zu den Erbauern des Islamischen Staates zu reisen, um mich zu überzeugen, ob es den Gotteskriegern gelingt, ihre Utopie von Gerechtigkeit, Frieden und Brüderlichkeit in eine staatliche Ordnung zeitgemäß zu gießen. Ich möchte es anders ausdrücken. Ich wollte die Gesellschaft sehen, wo Gott zu Hause ist.

Ich hatte viel Schlimmes von den Dschihadisten gelesen und gehört und doch zog mich diese Welt an, wie früher als Kind das Dunkle, Bedrohliche und Unbekannte und später das Anzügliche, Ordinäre und Sexuelle. Mich erfassten wie in der Kindheit Zagen, Zögern und Furcht und konnte es doch nicht lassen, das Wagnis in einer Mischung von Angst und Lust, Neugier und Beklommenheit einzugehen in der unbedachten Überzeugung, jederzeit allen Gefahren entfliehen und mich retten zu können. Dem Phantom vom schwarzen Mann aus meiner Kindheit fühlte ich mich gewachsen."

Der Staatsanwalt hakte ein. "Muhamed, ich möchte jetzt auf eventuelle strafbare Handlungen Ihrerseits zu sprechen kommen. Nochmals, Sie brauchen nichts zu sagen, was Sie belasten könnte. Denn alles, was Sie mir berichten, könnte gegen Sie verwendet werden. Wie wollen Sie es halten?"

„Ich habe nichts zu verschweigen. Ich werde die Wahrheit auch nicht verbiegen. Es war so. Vor etwa achtzehn Monaten flog ich nach Istanbul und reiste mit dem Zug nach Ocharca. Das ist eine kurdische Kleinstadt an der Grenze zum Irak. Ich hatte mir einen

Bart wachsen lassen, trug ein Kappi und dunkle Kleidung. Die nötigste Habe hatte ich in einen Rucksack verstaut. In Ocharca übernachtete ich in einer kleinen Herberge bei einer türkischen Familie. Sie wiesen mir den Weg zur Grenze, die ich nach einem längeren Fußmarsch erreichte. Im Grenzhäuschen wurde ich von den türkischen Grenzsoldaten mit Gelächter begrüßt. "Schon wieder so ein Verrückter, der sich erschießen lassen will."Sie beschrieben mir aber, wo ich vermutlich die Gotteskrieger antreffen könnte. Beim Abschied forderten sie mich auf, im Kampf möglichst viele Kurden zu töten, so nähme ich ihnen Arbeit ab.
Ich betrat irakisches Hoheitsgebiet, marschierte tags und nachts, wie es meine Kräfte zuließen und hoffte, auf befriedetes Land des Gottesstaates alsbald zu stoßen. Am dritten Tag kam ich in ein verlassenes Dorf. Einige Häuser waren ausgebrannt oder zerstört. Ich beschloss, in einem offen stehenden Haus zu übernachten. Mitten im Schlaf wurde ich von lautem Lärm geweckt. Noch während ich unschlüssig um mich blickte, forderte mich eine Stimme barsch auf aufzustehen und die Hände zu erheben. Vermummte Gestalten umzingelten mich, tasteten mich ab und führten mich wortlos in ihrer Mitte an das Ende des Dorfes in eine kleine Moschee. Ich hatte keine Zweifel, dass mich Gotteskrieger aufgespürt hatten. Ich wurde von zwei Kriegern in eine Ecke des Gotteshauses gebracht und dort von ihnen bewacht. In der Mitte der Moschee sassen fünf Männer in einem Kreis und diskutierten. Ich konnte nicht hören, was sie besprachen. Kurz vor Sonnenaufgang führte man mich zu ihnen. Der Anführer fragte mich nach Namen, Herkunft und Zweck meiner Reise. Ich antwortete ihm auf Arabisch. Meine Antworten befriedigten ihn nicht. Er lächelte ungläubig und teilte mir mit, dass ich zum Tode verurteilt worden sei. Der Kriegsrat sei nach Rücksprache mit dem Oberkommando zur Überzeugung gelangt, dass ich als Spion

in das Kriegsgebiet eingedrungen sei, um Größe, Bewaffnung und Bewegung der islamischen Befreiungsarmee auszukundschaften. Ich sei ihnen nicht von der deutschen Rekrutierungszentrale als Kämpfer gemeldet worden. In Kriegszeiten stehe überall auf Spionage die Todesstrafe. Man zerrte mich vor eine Mauer der Moschee, sechs Krieger postierten sich mir gegenüber in einem Abstand von etwa acht Metern. Mir wurden die Augen verbunden, ich konnte mich aber in die Himmelsrichtung nach Mekka drehen und rief verzweifelt mit sich überschlagender Stimme in der Art eines Muezzin den Text einer Sure, der mir gerade einfiel:"Im Namen Allahs, des Allbarmherzigen. Alles, was im Himmel und auf Erden ist, preist Allah. Sein ist das Reich und ihm gebührt Lob, denn er ist aller Dinge mächtig. Er ist es, der euch erschaffen hat, und wenn einige von euch ungläubig, andere gläubig sind, so sieht Allah all euer Tun. Er hat Himmel und Erde in Wahrheit erschaffen, er hat euch gebildet und euch eure schöne Gestalt gegeben und zu ihm kehrt ihr zurück...."

Die Kämpfer blickten überrascht zum Kommandeur, der zugleich ihr Hodscha war. Der verkündete mit lauter Stimme:"Er ist kein Spion, er ist kein Ungläubiger, er ist ein Bruder, ein Soldat Allahs, der die Wahrheit sucht.."In diesem Moment erwachte der Tag mit seinen ersten Sonnenstrahlen. Wir sanken alle zum Gebet auf die Erde nieder und ich dankte Gott aus ganzem Herzen für meine Rettung. Der Hodscha hielt nach dem Gebet eine kurze Ansprache, danach umarmten und küssten mich alle Kämpfer als einen der ihren. Die Kampfeinheit, zu der ich zufällig gestoßen war, bestand aus vierundzwanzig Mann und dem Kommandeur. Sie verfügte über acht Jeeps mit aufmontierten Maschinengewehren. Jeder Krieger war mit einer Kalaschnikow ausgerüstet. Einige Jeeps waren mit Landminen und Handgranaten beladen. Es handelte sich um eine motorisierte Sondereinheit, die über Funk mit dem islamischen Militärrat verbunden war und von dort ihre Einsatzbefehle erhielt. Ihre Aufgabe bestand darin, die verstreuten Dörfer im Nordirak zu befrieden, das heißt, die Schiiten zu bekehren, die Ungläubigen zu vertreiben und bei Widerstand zu töten. Friede und Sicherheit sollten durch strenge Anwendung des Schariats erreicht werden. Ich selbst wurde an Waffen und für den Nahkampf ausgebildet. Die Dorfbewohner dieses Landstrichs, meist friedfertige und unbewaffnete Bauern, waren unserer schwer bewaffneten Truppe hilflos ausgeliefert. Sie fügten sich widerstandslos den Anordnungen und konvertierten zum Sunnitentum. Wo es Teile der irakischen Armee gab, liefen die Soldaten scharenweise mit ihrer Ausrüstung zu den Gotteskriegern über. Es war ein Kinderspiel, große Landstriche zu erobern und dem Islamischen Staat einzugliedern. Nur die Kurden leisteten Widerstand und hatten dafür zu büßen. Vom Äußeren sah unsere Einheit wie ein Haufen entlaufener Sträflinge aus. Wir waren nicht einheitlich uniformiert ,jeder Krieger bemühte sich, möglichst wild und Schrecken erregend in Erscheinung zu treten.

Unser Kommandeur, so spürte ich, mochte mich. Er setzte mich als Fahrer seines Jeeps ein und erreichte beim Militärrat, dass ich nicht der islamischen Fremdenlegion zugeteilt wurde. In seinem Wesen unterschied er sich von den anderen Gotteskriegern. Ich sah ihn nie einen Menschen töten. In Kurdengebieten ermöglichte er den Kurden die Flucht mit der Begründung aus der fünften Sure, wer Gnade übt, den werde Allah reich belohnen. Und Blut vergießen, das scheue der Gläubige. Der Hodscha und ich unterhielten uns oft bei den Fahrten durch das karge Land. Wir fassten Vertrauen zueinander. Er befragte mich immer wieder, was mich zu den Dschihadisten getrieben habe. Er schien das nicht verstehen zu können. Ich brachte ihm meine Entscheidung mit Bildern nahe:,,Ich stand in Deutschland an einer Kreuzung mit vielen Schildern. Sie wiesen in verschiedene Richtungen, aber auf allen stand geschrieben, wo du nicht bist, da wohnt das Glück. Ich verstand nicht und fragte nach. Man sagte mir, laufe nur, egal wohin du gehst, der Weg ist das Ziel. Solche Antwort war mir zu oberflächlich. Dahinter verbirgt sich unter dem Schein des Wissens Unwissenheit. Bei euch, den Gläubigen, hoffe ich Erkenntnis zu finden."

Der Hodscha belehrte mich:"Johann, jede Kunst hat seine eigene Wahrheit. Der Mensch trägt von klein auf ein Bild in sich, was er sein möchte, ohne sich dessen unbedingt bewusst zu sein. In jeder Altersstufe malt er sich ungelenk, verwirft sich und strebt mit zunehmender Reife, Unruhe und Ungeduld an, das Große, das Gute, das Wahre zu sein und zu vollbringen. Aber er tappt im Dunkeln und sieht wie ein Blinder das Nächstliegende nicht. Wie ein Narr lehnt er mit Leidenschaft das Gewachsene ab und sieht als Hemmnis an, wozu er erzogen worden ist. Er leidet unter sich und seiner Welt, macht sich mutig und kampfbereit, alle Geheimnisse zu entschlüsseln und die Welt ideal zu gestalten. Er wähnt sich in der Nacht und vertraut dem kommenden Tag. Johann, es ist das Recht deines Alters, den verborgenen Schatz aufspüren und heben zu wollen. Mich beruhigt, dass du nicht in unser Land gekommen bist, um zu morden und zu schänden. Viele Europäer fallen ein, um ihre sadistischen Triebe ausleben zu können. Zeiten des Krieges sind immer Hochzeiten für Perverse. Allah wird sie bestrafen, er wird sie in die Hölle ewiger Qualen verdammen. Du aber mache dir bewusst, du bist jung, du bist ein Idealist und verlierst dich in Illusionen. Gerechtigkeit und Wahrheit sind gedankliche Abstraktionen, die in der Wirklichkeit es in Vollkommenheit nicht gibt. Niemand darf sich im Besitz der reinen Wahrheit wähnen. Unwissenheit und Verblendung hindern unser Ringen, wie Gerechtigkeit konkret zu verwirklichen ist. Stelle dich der Wirklichkeit und lass ab von deinem Wunschdenken."

Bei anderer Gelegenheit offenbarte er mir seine Situation mit ungeschützter Freimütigkeit.„Ich bin von Beruf Ingenieur und habe auf den Ölfeldern von Bai Hassan gearbeitet. Die Horden des selbsternannten Kalifen überfielen uns und nahmen mich, meine Frau und meine vier Kinder gefangen. Um nicht getötet zu werden, erklärte ich mich bereit, dem IS als Soldat zu dienen. So rettete ich mein Leben und das Leben meiner Frau und meiner Kinder."Von nun an sah ich meinen Kommandeur mit anderen Augen. Ich wurde gewahr, dass dieser gebildete, humorvolle und scheinbar lebensbejahende Mann sich fassadierte. Eines nachts schlief ich im Nachbarzelt neben ihm. Ich hörte ihn schreien. Ich ergriff meine Waffe und stürmte in sein Zelt. Er kämpfte offenbar im Schlaf. Er stieß unverständliche Worte aus und schlug und trat um sich. Ich rüttelte ihn wach und fragte, was los sei. Er murmelte:"Es ist der Tod. Er kommt zu mir leibhaftig."Ohne auf ihn weiter einzudringen, entfernte ich mich.
Nach der Einnahme eines Dorfes saßen wir auf einem Brunnenrand. Wir rauchten und beobachteten, wie die Bewohner ihren Kotau vor dem stellvertretenden Kommandeur machten und Treue und Gehorsam dem Gottesstaat gelobten. Ohne erkennbaren Anlass vertraute mir mein Kommandeur an: "Im Traum steige ich Stufe um Stufe in einem mir unbekannten Hause tiefer in das finstere und Atem erschwerende Gewölbe. Ich sehe, wie gesichtslose Kraken meine Frau ergreifen und dann meine Kinder. Sie würgen sie und mir ist, als würgten sie mich. Ich ringe nach Luft und kämpfe um mein Leben. Ich kämpfe für sie. Auch hier. Mein lieber Johann, wir befinden uns im abgründigsten Dunkel der Welt. Das Leben hier ist tödliche Nacht und lebensfeindliche und unbegrenzte Wüste, in der jeder Sinn, jede Hoffnung, jedes Ziel verdorrt. Weißt du, es gibt in meinem Leben keine Spanne, in der ich nicht dem Tode begegnet wäre. Er ist wie mein Schatten ständig gegenwärtig und verantwortlich für meine Spiritualität.

Schon als Kind, als mein Vater von den Schergen Saddam Husseins zu Tode gefoltert wurde und meine Mutter sich das Leben nahm, habe ich begriffen, dass sich unser Dasein auf einem riesigen Altar abspielt, auf dem die Unschuldigen geopfert werden, immer wieder, ohne Maß und ohne Unterbrechung. Die Menschen sind dabei die Gehilfen ihrer Schlächter. Sie sind glücklich, wenn ihnen das Paradies schon im Diesseits versprochen wird und sind verzweifelt, wenn sie im letzten Augenblick erkennen, dass sie selbst ihren Henker gemästet haben, der sie zur Hinrichtung führt. Johann, verschwinde von hier, sobald du Gelegenheit dazu hast. Bei den Islamisten wartet der Tod auf dich. Wenn du deine Schuldigkeit getan hast und du ihnen nicht mehr nützlich bist, werden sie dich erschießen. Sie wollen nicht, dass du in deinem Land bezeugst, dass sie nicht Gottes Kinder sind, sondern des Teufels Werkzeug."

"Herr Staatsanwalt, Sie können sich denken, wie irritiert ich von den Worten dieses Mannes war. Damals konnte ich ihm nicht glauben. Meine Meinung änderte sich, als ich ihn in einer Ruhepause fragte, warum er bei Kämpfen in vorderster Linie stehe und sein Leben aufs Spiel setze. Seine Antwort erschütterte mich:"Ich liebe meine Frau und meine Kinder über alles. Wenn ich von den Ungläubigen getötet werde, bin ich für die Islamisten ein Märtyrer. Sie brauchen meine Familie nicht mehr als Geiseln, sie kommt frei und wird überleben. Fliehe ich, sind sie des Todes."Ich zögerte:"Sie suchen den Opfertod?" Er antwortete ausweichend und doch eindeutig:"Es ist menschlich zu trauern und sich zu freuen, es ist menschlich, zu hoffen und Menschen zu lieben. Das Stärkste sind aber nicht unsere vergänglichen Gefühle, das Stärkste ist der über uns hinausweisende Glaube an die Macht der Liebe. Die Liebe der Menschen zueinander ist unabdingbar und der einzige Weg, um der Liebe Gottes teilhaftig zu werden. Dieser Glaube ist das Beste, was wir weitergeben können. Es ist vielleicht der Sinn unseres Hierseins. Freilich, Erkenntnis und Wahrheit können nicht gelehrt werden, jeder findet sie nur in sich und durch sich selbst. Die Wirklichkeit göttlicher Einheit ist nur durch persönliche und unmittelbare Erfahrung zu begreifen."Ich wandte mich ihm zu und sah, dass seine Hände sich zu Fäusten ballten und er ein Zittern seines Körpers nicht unterdrücken konnte. Seine Augen hatten sich verdunkelt. Ich ahnte, welche Kämpfe er in sich austrug. Innerlich bewegt bat ich den Hodscha, mich zu adoptieren und mir seinen Namen zu schenken. Er ergriff mein Handgelenk und streifte mir einen Armreif über, der aus fünf schwarzen Elefantenhaaren geflochten ist und mit vier Goldklammern zusammen gehalten wird. Sehen Sie, Herr Staatsanwalt, ich trage den Schmuck auch jetzt. Mein Adoptivvater äußerte bei der Übergabe des Geschenks, Elefantenhaare seien Glücksbringer. Glück sei für mich lebenserhaltender als Wasser. Nun wissen Sie, wie ich zu dem Namen Abuiada gekommen bin."

Muhamed wischte sich verschämt Tränen aus den Augen. Staatsanwalt Agon betrachtete nachdenklich dieses noch kindliche, überreife Gesicht seines Gegenüber und glaubte, dessen Wesen in seiner Naivität und Suche nach Erkenntnis und Wahrheit zu verstehen. Es erinnerte ihn an seine eigene Studentenzeit. Insgeheim wünschte er, dass Muhamed seine Aussage nun beenden würde und suggerierte:"Das ist also die Geschichte Ihrer Irrfahrt. Ich werde einen entsprechenden Aktenvermerk anfertigen."
„Nein, Herr Staatsanwalt, es ist erst der Anfang. Entschuldigen Sie, dass ich mich nicht kürzer gefasst habe. Jetzt will ich es versuchen. Damals wurde mir mit Erschrecken bewusst, dass ich ein Teil des Unrechts und der Unmenschlichkeit bin. Dennoch kämpfte ich weiter, ließ Mord, Folter und Vertreibung zu, befolgte

alle Befehle aus Furcht und hasste mich dafür. Es war die Furcht, mein Leben zu verlieren. Es war mir mehr wert als mein Gewissen. Ich fürchtete, im Kampf zu fallen, ich fürchtete, erschossen zu werden, wenn ich nicht kämpfe, ich fürchtete, hingerichtet zu werden, wenn ich desertiere. Mir war klar, dass ich mich selbst in diese Notlage gebracht und mich aus freien Stücken in diese Verbrecherbande eingereiht hatte. Aus zeitlicher und örtlicher Ferne predigt sich Moral ganz leicht. Da ist man oberschlau. Man bedenkt nicht, dass von jeder Situation eine stille und unsichtbare Kraft ausgeht, die unbewusst und unwiderstehlich unsere Wahrnehmung, unser Denken und unser Fühlen mit sich reißt, dem wir uns nicht entziehen können. In der Realität will jeder überleben, wendet sich ab vom tatsächlichen Geschehen, ohne sich selbst zu hinterfragen. Ich stellte mich meiner Schuld und sah doch keinen anderen Ausweg, als weiter mitzumachen. Nach unseren Gesprächen fühlte ich mich meinem Kommandeur innerlich verbunden. Ich verehre ihn noch heute.

Als wir einige Tage später uns einem kurdischem Dorf näherten, wurden wir von dort beschossen. Frauen und Kinder des Dorfes waren geflohen, einige wehrfähige Männer verteidigten ihr Hab und Gut. Wir eroberten den Ort und nahmen sieben Kurden gefangen. Sie wurden verhört, dabei geschlagen und gefoltert, verrieten aber nicht, wohin die anderen Dorfbewohner geflüchtet waren. Ich wurde zum ersten Male in die Todesmühle der Islamisten hineingezogen. Die Gefangenen mussten sich vor eine Hausmauer stellen, zehn Kämpfer wurden bestimmt, sie zu erschießen. Ich gehörte dazu. Vor der Exekution weinte ein Fünfzehnjähriger kläglich und bat um sein Leben. Ein Gefangener verfluchte uns im Namen Allahs, acht Gefangene starben aufrecht und tapfer. Ich konnte mein Körperbeben nicht unterdrücken. Erst nachträglich erinnerte ich mich, dass ich das

Vaterunser auf Deutsch gesprochen und gefleht hatte, Gott möge mir meine Schuld vergeben. Ich fühlte mich schuldig, weil ich willfährig und ohne Widerspruch dem Befehl gefolgt war und keinen Versuch unternommen hatte, das Leben der Männer zu retten. Vor der Erschießung war uns befohlen worden, die Kalaschnikows auf Dauerfeuer einzustellen. Nach dem Schießkommando schoss ich in die Luft. Ich nahm noch die Salven wahr, sah, wie die Körper der Männer gegen die Wand geschleudert wurden. Dann musste ich mich übergeben. Meine Mitkämpfer lachten, mein Adoptivvater kam zu mir, legte seinen Arm um mich, geleitete mich abseits und ermahnte mich, im Falle nochmaliger Erschießungen nur wenig über die Köpfe oder neben die Körper der Verurteilten zu zielen, wenn ich nicht selbst exekutiert werden wolle. Meine Befehlsverweigerung sei zu offensichtlich gewesen.

Je tiefer wir in das Kurdengebiet eindrangen, umso heftiger wurden die Kämpfe. Wir gerieten in Hinterhalte, wurden in Stellungskämpfe verwickelt, erlitten Verluste, die ersetzt werden mussten. Eines Tages wurde unsere Einheit in eine Kleinstadt befohlen. Eine Erklärung dafür erhielten wir nicht. Auf dem Marktplatz mussten wir uns mit anderen Einheiten im Karree aufstellen. Die islamische Fahne wurde aufgezogen, die Gewehre wurden präsentiert, ein Kamerateam filmte die Inszenierung. Ein an den Händen gefesselter Europäer wurde in das Karree geführt, eine mir unbekannte Autorität las ein Schriftstück vor. Der Europäer musste sich niederknien und das Haupt senken. Hinter ihm stand ein Gotteskrieger, er hielt ein Richtschwert demonstrativ in die Höhe. Ein Muezzin verkündete über ein Megaphon Sure 4, Vers 92:"Wenn sie euch nicht in Frieden lassen und keinen Frieden euch bieten, sondern ihre Hände gegen euch erheben, dann ergreift sie und tötet sie, wo ihr sie auch findet. Wir geben euch vollkommene Gewalt über sie."Wie aus einem Munde schallte über den Platz und gen Himmel:"Im Namen Allahs, des Allerbarmherzigen. Lob und Preis Allah, dem Herrn aller Welt, dem gnädigen Allerbarmer, der am Tag des Gerichts herrscht. Dir allein wollen wir dienen und zu dir allein flehen um Beistand. Du führe uns den rechten Weg, den Weg derer, die deiner Gnade sich erfreuen und nicht den Pfad jener, über die du zürnest oder die in die Irre gehen."Die Worte waren noch nicht verhallt, da schlug der Henker mit aller Kraft zu. Es machte „pitsch", der Kopf des Europäers löste sich von seinem Körper und rollte einen halben Schritt über die Erde. Ein Blutstrahl schoss aus dem Rumpf des Enthaupteten, das Blut breitete sich träge über das Pflaster aus. Sein Körper kippte vornüber ,ein Arm ruderte wie Hilfe suchend in der Luft. Der Blutfluss ließ nach und mir schien, als ob die starr geöffneten Augen des Getöteten mich anstierten und sein aufgerissener Mund noch etwas sagen wollte. Ich vernahm das wild jauchzende Gegröle der Gotteskrieger, dann wurde mir schwarz vor Augen und ich verlor das Bewusstsein. Nach diesem Ereignis schienen sich die Dschihadisten in wilde Bestien verwandelt zu haben. Eroberungen von Ortschaften wurden zu Tötungsorgien. Ob Mann, Frau oder Kind, ob Christ, Jude oder Jeside, keiner wurde wie zuvor befragt, ob sie bereit seien, den rechten Glauben anzunehmen, für den IS zu sterben und das Kalifat anzuerkennen. Sie wurden alle hingemetzelt. In mir festigte sich der Entschluss, bei nächstbester Gelegenheit dieser Hölle zu entfliehen.

Die meisten Islamisten sind tief religiös und leidenschaftlich beseelt von den Versprechen aus uralter Zeit. Sie töten im Glauben an den Koran, sie sind hypnotisiert von einem trügerischen Hoffnungsbild. Der Mann, der im Kampf gegen Ungläubige fällt, findet sofort Eingang ins Paradies, ohne auf das Jüngste Gericht warten zu müssen. Er wird dort begraben, wo er sein Leben verloren hat. Seinem Körper bleibt das Reinigungsritual in einer Moschee erspart, denn als Märtyrer ist er bereits gereinigt. Er kommt sogleich in ein glückliches Jenseits mit allen Lustbarkeiten des Lebens.

Bei einem Gefecht mit Kurden erlitt Elyas einen tödlichen Bauchschuss. Er war jünger als ich und als Vollwaise in Armut und Verlassenheit aufgewachsen. In Bagdad hatte er sich als Straßenjunge herumgetrieben, hatte mal hier, mal da Unterschlupf gefunden und sich von Bettelei und Gelegenheitsjobs ernährt. Angewiesen auf die Mildtätigkeit Fremder, peinigte ihn die Scham der Ausgestoßenen, bis ihn eine salafistische Wohltätigkeitsorganisation zu sich in ein Wohnheim aufnahm. Man gab ihm Brot und ein Bett und lehrte ihn ‚den Islam zu verstehen. Die Gemeinschaft, in die er eintauchte, wurde seine Familie und der Ort, an dem seine Unsicherheit, seine Angst und seine Bedrohung aufgehoben wurden. Hier fühlte er sich angenommen und verstanden. Alle Düsterheit fiel wie Staub von ihm ab, aus seinem verachteten und beschmutzten Lebensinneren entrang sich eine reine und feurige Glaubensflamme, die der Welt das Heil und ihm das Paradies versprach. Er lag neben mir, hilflos und ohne Bewusstsein. Blut sickerte träge und dickflüssig durch seine Kleidung.

Unsere Kampftruppe hatte keinen Arzt und keinen Sanitäter. Ich saß neben ihm und wartete auf seinen Tod. Ich rief ihn an, doch er hörte nicht. Endlich rührte er die Hand, bewegte den Kopf und öffnete die Lider. Auf seinen Gesichtszügen schimmerte ein Lächeln. Dann vertraute er mir das Geheimnis an, das er in sich trug, mit bebenden Lippen, abgebrochenen Sätzen, lallender Zunge und ermattender Kraft. "Muhamed, ich folge den Tapferen, den heiligen Kriegern. Ich bin...voller Erwartung und Glück.... Kein Wehklagen...klagt nicht, dass ich gehe...Durch den Mund

des Propheten hat Allah uns das Paradies versprochen...Ich sehe es...glaube mir, ich sehe es....Blühende Wiesen, duftende Blumen, murmelnde Bäche....Und schattenspendende Bäume voller Früchte...Ich genieße honigsüße Speisen im Überfluss, laue und kühlende Winde umschmeicheln meinen Körper.
Ich erblicke im silbernen Wasser das Antlitz meiner Mutter....ich benetze mit dem Wasser meine Augen...es sind ihre Tränen, die sie um mich geweint hat…..Hörst du den himmlischen Gesang?
Sie verkünden Friede. Friede...Dank dem Helden für seinen Opfermut...Und Huris voll weiblicher Huld und unerschöpflicher Sinnlichkeit schenken im schwebenden Reigen mir himmlische Wonnen, die ich auf Erden noch nie gekostet habe….Sie lagern vor einem ruhenden Weiher...sie locken und raunen, tritt ein, die Zeit ist gekommen….Muhamed, horche, --vernimmst du sie?..Ich spüre, meiner Seele wachsen Flügel. Muhamed, Muhamed, mein Bruder, bitte...bin ich ein Märtyrer?"
Ich beugte mich zu ihm nieder und sprach mit fester Stimme: "Elyas, mein Bruder, du bist ein Märtyrer. Noch heute wirst du im Paradiese sein."Elyas lächelte und schritt voller Hoffnung und ohne Bitternis in das Totenreich. Vor mir lag der Leichnam eines jungen Menschen und mich schüttelte das Grauen, das von Glaubenslügen ausgeht. Mein Herz schmolz in Tränen dahin und ich haderte mit des Schicksals unbeantwortbarer Frage, warum, warum.
Wir hoben in aller Schnelle ein Loch aus, hüllten den Leichnam in ein Tuch, sprachen das Totengebet, warfen den Helden in die Grube und überhäuften den Ort mit Erde und mit Steinen.
Das war Elyas` Grab. Sandstürme würden es in Kürze unkenntlich machen und alle Spuren seiner Existenz für immer tilgen. Keiner wird nach ihm fragen, keiner wird ihn vermissen. Und sein Zaubergarten, sein Paradies? Es wird in den Köpfen fortbestehen, denn in der Unna heißt es, das Paradies ist wie Allah selbst

unerschaffen, also unvergänglich und existent von Ewigkeit zu Ewigkeit. Das Paradies ist für Salafisten kein Symbol, keine Allegorie, kein Sinnbild. Es ist Realität.

Gotteskrieger steigern sich deshalb in einen Kampfesrausch, um möglichst schnell in das Paradies einzugehen. Diese geträumte Muttermilch nährt fanatisch ihre unbändige Kampfeslust und Brutalität, denen ihre Gegner nichts entgegen zu setzen haben. Sie werfen mit verblendeter Frömmigkeit und religiöser Verzückung die Schatten der Finsternis über die Erde und machen aus blühenden Gärten Flecken der Verwesung.

Aber dieser Wahnsinn kennt noch größere Ausmaße, die angesiedelt sind bei aufgeklärten Europäern und abendländischen Geistern, die den ewigen Krieg lieben und Ideen propagieren, die nur Mittel zum Zweck sind. In europäischen, konvertierten Salafisten wuchert versteckte Mordlust, die sie im Heimatland nicht ausleben können.

Kriegszeiten sind stets Hochzeiten für Perverse und Psychopathen. Ich erkundigte mich bei einem französischen Gotteskrieger, warum er wehrlose Frauen bestialisch töte. Wir lagen beide in einem Zelt und rauchten. Er hielt mich wohl für seinesgleichen und verlor sich in seiner sadistischen Vorstellungswelt: "Das musst du selbst erleben, erst dann verstehst du das und kannst davon nicht lassen. Du erspähst eine Frau, sie hat sich versteckt. Du sprichst sie an, freundlich und vergnügt, bist aber doch bereits gierig und geil. Sie erkennt es an deinen Augen und du merkst, wie Angst in ihr aufsteigt. Sie erhebt sich, hastet fort, du hinterher. Du erreichst sie, umklammerst sie. Sie bittet, lass mich, was habe ich dir getan, ich habe Kinder. Aber du hast sie in deiner Gewalt. Du betastest sie, öffnest ihr Kleid. Ihre Brüste, nackt und prall, quellen dir entgegen. Sie wehrt sich, du wirfst sie auf die Erde. Sie strampelt, schlägt um sich, will dich beißen, kratzt. Du hältst sie fest, sie schreit, ihre Kräfte erlahmen.

Ihre Augen sind Angst geweitet, du zückst das Messer, sie resigniert, fügt sich. Du reißt ihr die Kleider vom Leibe, Stück für Stück. Du riechst und siehst ihren Körperschweiß, hörst sie stoßweise atmen und wimmern. Du betrachtest sie lustvoll, bist erregt, gerätst in Ekstase. Mit einem Schnitt durchtrennst du ihre Halsschlagader. Mit jedem Herzschlag spritzt ihr Blut in hohem Bogen aus der Wunde und synchron dein Samen in ihren zuckenden Körper. Und beides pumpt und wird schwächer und schwächer und endet für dich in einem erlösenden Wohlgefühl. Und sie geht in das Paradies ein. Kapiere. Ich vergnüge mich auf Erden, das ist real. Und verzichte gern auf die metaphysischen Freuden dieser irrseligen Narren hier."

Muhamed schaute aus dem vergitterten Fenster des Vernehmungsraumes. Die Nachmittagssonne beleuchtete eine Wolke, die betusam in kleine Teile verfiel. Die gelblichen Blätter einer Ulme schimmerten im Sonnenlicht. Er saß gebückt auf seinem Stuhl, sinnend und in sich versunken. Das Dunkel seiner Vergangenheit hatte ihn eingeholt. Die Wahrheit hieß Blut und war nicht mehr fort zu waschen. Doch dann fuhr er fort. "Ich mag nicht mehr vom Bösen erzählen. Erlauben Sie mir, Herr Staatsanwalt, zu berichten, wie ich den Klauen des IS entkommen bin?"

Herr Agon nickte bejahend. "Erzählen Sie!"

„Irgendwann wurden alle kleineren Kampfeinheiten zusammen gezogen und zu einem großen Kampfverband vereint. Wir kreisten eine Kleinstadt ein, eroberten das Städtchen, erschossen die männlichen Überlebenden und trieben die Alten, Kinder und Frauen auf einen Platz zusammen. Man selektierte sie nach Alter, die meisten von ihnen sollten versteigert werden. Ich hatte die gefangenen Frauen zu bewachen. Die Gotteskrieger stolzierten durch die Reihen der Frauen und begutachteten deren Körper mit anzüglichen Bemerkungen. Sie suchten insbesondere junge Mädchen, die sie sich als „Bräute" oder als Sklavinnen erwerben wollten. Mir war von solchem Vorgehen zwar schon berichtet worden, hatte es aber bisher noch nicht selbst erlebt. Die Mullahs rechtfertigen den Menschenhandel mit Textstellen aus dem Koran. Ich war zur zweiten Wache bei den Gefangenen eingeteilt worden und las gerade die vierte Sure, als eine Gefangene mir auf Englisch zuflüsterte, ich solle sie ersteigern. Sie beschwor mich. Ich sei erkennbar ein Europäer wie sie. Ich entgegnete, dass für mich Menschen keine Ware seien. Ich würde mir nie und nimmer eine Braut kaufen. Sie bückte sich, griff in ihre Unterwäsche und drückte mir Dollarscheine in die Hand. Es waren 200 Dollar, wie ich später feststellte. Sie wiederholte:"Bitte, im Namen Christi, rette mich."Ich war irritiert und konnte nicht klar denken. Stotternd versprach ich ihr, sie nach Dienstschluss aufzusuchen. Das Geld steckte ich ein. Verrückt. Nach dem Ende meines Wachdienstes eilte ich zu meinem Adoptivvater und trug ihm das Erlebte vor. Er hüllte sich minutenlang in Schweigen, dann erklärte er wie bei einer militärischen Lagebesprechung ruhig und entschieden, dass Allah mir ein Zeichen gegeben habe. Es sei mein Kismet, mich und die Frau zu retten. Ich müsse der Vorsehung folgen und mit dem Mädchen fliehen. Er werde mich zum Patrouilliendienst für das Umland einteilen. Mir stünde dann ein aufgetankter und bewaffneter Jeep zur Verfügung, den ich zur Flucht benutzen könne und der mir einen zeitlichen Vorsprung von etwa sechs Stunden gebe. Er werde für genügend Proviant sorgen. Er zeichnete in einer Militärkarte die Route ein, die ich nehmen solle. Wir lagerten damals zwischen Kirkuk und Arbil, hinter AliAgnaz solle ich auf Feldwegen entlang des Flusses Greater Zaab in nordöstliche Richtung fahren. Die Strecke sei gebirgig. Mir solle stets bewusst sein, dass es um mein Leben ginge. Sollte ich von Gotteskriegern angehalten oder verfolgt werden, dürfe ich nicht davor zurückschrecken, von der Waffe Gebrauch zu machen. Nach dem Abendgebet begab ich mich zu den eingepferchten Frauen, begutachtete sie scheinbar interessiert, nickte meiner Bittstellerin zu und verbrachte anschließend eine unruhige Nacht. Am Spätnachmittag des nachfolgenden Tages fand die Auktion für die heiratsfähigen Frauen im Alter von zehn bis fünfzig Jahren statt. Die Preise für die Frauen waren niedrig, weil die meisten Gotteskrieger nur über wenig Geld verfügten. Meine Bittstellerin wurde gegen Ende der Auktion angeboten. Mich überraschte, als sie zusammen mit einer etwas jüngeren Frau aufgerufen wurde. Nach der üblichen Anpreisung ihrer körperlichen Vorzüge, ihres Aussehens, ihrer Jungfräulichkeit und ihrer Fähigkeiten wurde bekannt gemacht, dass sie nur zusammen mit ihrer jüngeren Schwester zu kaufen sei. Beide Frauen standen etwas erhöht auf einem umgelegten Bottich wenige Meter von mir entfernt. Das Limit war für beide Frauen auf fünfzig Dollar festgelegt, bei achtzig Dollar begann ich zu bieten. Bei einhundertundsiebzig Dollar erhielt ich den Zuschlag.

Mein Adoptivvater hatte mir sein Einzelzelt, das ihm als Kommandeur und Hodscha zustand, für eine Nacht überlassen, damit ich, wie er laut und lachend kund tat, die Freuden der ersten Nacht ungestört genießen könne. Ich brachte die Schwestern nach der Versteigerung sofort zum Zelt. Die Ältere hieß Amalie, die Jüngere Ada. Sie waren die Töchter eines christlichen Pfarrers aus England, der im nordöstlichen Irak missioniert hatte und von den Dschihadisten zusammen mit seiner Frau hingerichtet worden war. Im Zelt hielten wir uns nicht lange mit Formalitäten auf. Ich schrie die Mädchen an, sie mussten weinen und schluchzen, nein, nein rufen und bitte nicht. Gleichzeitig entkleideten sie sich in meiner Gegenwart, zogen Männersachen an und ließen sich in meinen Fluchtplan einweisen. Am Ende glich ihr Äußeres dem der Gotteskrieger, unter denen sich auch Frauen befanden. Wir warteten bis zur Wachablösung, liefen mit den Binden des Erkundungsdienstes im Laufschritt zum Fuhrpark, stiegen in den präparierten Jeep und fuhren im gemächlichen Tempo aus dem Militärlager bis zum ersten Kontrollposten. Ich rief den Wachhabenden schon von weitem das Losungswort zu, wir wurden durchgewinkt. Nach einigen Kilometern übernahm Amalie das Steuer, ich navigierte anhand der Karte. Bis zur türkischen Grenze waren es nach unserer Berechnung etwa 250 km. Den ersten Streckenabschnitt hielt mein Adoptivvater für extrem risikoreich, weil die Gegend dicht besiedelt und bereits von den Islamisten eingenommen worden war. Wir erreichten dennoch unbeschadet den Little Zaab. Von dort geht das Mittelgebirge über in Hochgebirge. Obwohl das Gelände schwerer zu befahren ist, bot es uns mehr Schutz. Wir fühlten uns sicher und waren ausgelassener Stimmung. Unser Ziel war die türkische Stadt Cukurca. Wir umfuhren weiträumig Kirkuk, erreichten den See Bubegrat Dakan und hatten eine Pass-Straße vor uns. Auf halber Höhe des Gebirgszuges geboten uns zwei Gotteskrieger Halt. Wir näherten uns im Schritt dem Posten, gaben kurz vor den Kriegern Gas und durchbrachen zwei kleine Sperren. Aus einem Nebenweg preschten zwei Jeeps hervor, die uns verfolgten, so, wie man es im Kino sieht. Während der rasenden Fahrt kletterte ich über die Rücksitze zum MG, schlug die seitlichen Schutzbleche auf und legte einen Munitionsgurt ein. Hinter einer rechten scharfen Kurve, die von einer Felswand flankiert war, schrie ich Amalie zu, sofort zu halten. Sie stoppte abrupt, nach wenigen Sekunden erschienen unsere Verfolger, bremsten und kamen zum Stehen. Ich eröffnete das Feuer, die Kämpfer sprangen aus den Jeeps und brachten sich zu Fuß in Sicherheit. Ich sprengte mit Handgranaten ihre Jeeps in die Luft.

Wir waren nun entdeckt und wussten, dass man uns verbissen und zäh nachjagen würde. Mein Versuch, die Funkfrequenz der islamischen Armee zu finden, um ihre Standorte zu erkunden, scheiterte. Amalie steuerte wie zuvor umsichtig und konzentriert den Wagen. Auch als es Nacht wurde, fuhren wir ohne Beleuchtung vorsichtig weiter. Wir hatten uns überlegt, dass die Verfolger mit Licht fahren und wir sie deshalb eher als sie uns erspähen würden. Es lichtete sich bereits, als uns Felsbrocken den Weg versperrten. Ein Steinschlag hatte die Straße unpassierbar gemacht. Wir wussten nicht, wie nahe wir unserem Ziel gekommen waren. Ich schätzte, dass wir uns auf einer Höhe von etwa 1500 m befanden und noch 30 bis 40 km Luftlinie bis zur türkischen Grenze hatten. Ich verfügte über einen Kompass und meinte, mit seiner Hilfe unser Ziel erreichen zu können, auch zu Fuß. Wir bepackten unsere Rucksäcke mit Nahrungsmitteln für vier Tage und stießen unseren Jeep in die Tiefe einer Schlucht. Um möglichst schnell voran zu kommen, verließen wir nicht die Gebirgsstraße. Nach wenigen Kilometern sahen wir in der Ferne einen Konvoi von Fahrzeugen mit der Fahne des IS. Es blieb uns nichts anderes übrig, als in das Gebirge zu steigen, geschützt von Wald, niedrigem Gehölz und Felsen, aber ausgesetzt den körperlichen Strapazen, den Unbilden des Wetters und unserer Angst.

Um nicht aufgespürt zu werden, bewegten wir uns nur in den grauen Abendstunden bis zum Einbruch der Dunkelheit und in den ersten Morgenstunden bis zum Sonnenaufgang durch die Berge. Tagsüber ruhten wir uns in schattenspendenden Felsmulden aus, die nur schwer einsehbar waren. Am dritten Tag, die Sonne verbarg sich noch hinter dem Gebirge, stießen wir auf einen ausgetretenen Pfad, der sich talabwärts schlängelte und dem wir folgten. Wir schritten in einer Reihe hintereinander. Hinter einer felsigen Biegung stand ich plötzlich drei Männern gegenüber. Sie saßen auf Steinen um ein kleines Feuer herum. Ihre Waffen lagen griffbereit neben ihnen. Es waren Gotteskrieger. Einer warf sich auf die Erde, als er mich erblickte und langte nach seiner Maschinenpistole. Ich zog meine Pistole und schoss auf ihn. Er schrie auf, seine Kameraden flüchteten. Ich näherte mich dem jammernden Mann. Er war schon älter. Er starrte auf meine Pistole, die ich auf ihn gerichtet hielt, breitete seine Arme wie zum Gebet aus und flehte:"Bei Allah, dem Allmächtigen und Allwissenden, habe Erbarmen mit mir. Ich habe noch keinen Menschen getötet, töte mich nicht, Allah wird es dir vergelten. Er wird dich und deine Kinder segnen und dir ewiges Leben im Paradies schenken. Bitte, ich habe Frau und Kinder, wer wird für sie sorgen, wenn du mir das Leben nimmst."Der Mann erkannte in seiner Todesfurcht nicht, dass meine Hand zitterte und auch ich unter Schock stand. Ich hatte zuvor noch nie gezielt auf einen Menschen geschossen. Noch bevor ich zur Besinnung kam, entriss mir Amalie von hinten die Pistole, schritt auf den Krieger zu und hielt ihm die Waffe an den Kopf."Du sollst sterben. Mutter und Vater haben auch kniefällig um ihr Leben gebettelt, sie haben den gemeinsamen Gott angerufen, aber ihr gottverfluchten Hunde kennt kein Erbarmen. Ich auch nicht."Amalies Stimme war kalt und eisig. Ada, bisher hinter meinem Rücken mir verborgen, sprang hervor, kniete nieder und schaute zu ihrer Schwester auf. "Amalie, liebste Amalie, bitte, tu es nicht."Mein Gott, was lag in diesen wenigen Worten, was lag in dieser Stimme. Ada erlöste uns. Das Böse wurde überwunden. Amalie ließ die Pistole fallen.

Was dann geschah, kann ich im Einzelnen nicht mehr nachvollziehen. Wie im Traum fand ich mich bei Amalie wieder. Wir hielten uns umarmt, küssten uns und weinten. Irgendwann registrierte ich, dass Ada, dieses gottgesandte Mädchen, dem

Krieger die Hose runter gezogen und sein Hemd in Streifen zerrissen hatte. Sie legte ihm einen provisorischen Druckverband um seinen Oberschenkel an. Ich hatte ihm diese Verletzung zugefügt.

Ohne uns weiter zu besprechen, wollten wir unseren Weg fortsetzen. Wir nahmen die MP's der Krieger an uns und schulterten die Rucksäcke. Der Verwundete hielt uns zurück. "Geht nicht weiter, das ist euer sicherer Tod. Richtung Norden sind viele und große Verbände von uns verteilt, die die Grenzregion kontrollieren. Wir beziehen von den Türken Waffen und bringen bei ihnen unsere Verwundeten unter. Viele von euch wollen durch dieses Gebiet in die Türkei entkommen. Sie haben keine Chance. Sie werden alle aufgegriffen und auf der Stelle erschossen. Geht einen Tagesmarsch zurück, dann nach Südosten zu den iranischen Kurden über die Grenze. Allah sei mit euch, seine Engel sollen euch leiten und beschützen."

Wir zauderten. Durften wir ihm glauben? Ada nahm uns die Entscheidung ab. Sie schlug den Weg ein, den wir gekommen waren. Amalie und ich folgten ihr ohne Widerrede. Nach einem zehnstündigen Marsch legten wir eine Rast ein. Die Zungen der Mädchen hatten sich plötzlich gelöst. Sie schwelgten in Erinnerungen. Sie schilderten ihren Vater als fürsorglichen, aber engherzigen Mann, der ihnen alle Freuden der Jugend untersagt, strenge Sittsamkeit von ihnen gefordert und jedes weltliche Vergnügen verboten hatte. Ich beschrieb ihnen die Atmosphäre in meiner Familie. Dabei wurde mir bewusst, welche Macht das Dunkle und Dämonische über mich gewonnen und ich, der Wahrheit und Freiheit wollte, mich selbst zum Gefangenen von Unfreiheit und Unverstand gemacht hatte. Da kam es wie gerufen, dass Ada mit malerischen Worten ihr Sehnen beschrieb: "Unterbrecht mich nicht und schweigt. Ich kann in die Zukunft schauen. Ich sehe das Meer und seine spielenden Farben. Ich höre

sein Rauschen und schmecke seine salzige Luft. Ich atme seinen Odem ein, versinke in ihm und will nur ein Tropfen seiner Unendlichkeit sein. Die Freiheit winkt."
Bei mir schäumte die Liebe auf wie Champagner aus einer entkorkten Flasche. Die Flucht erschien mir wie eine Liebesreise, wie ein Märchen vom erfüllten Glück. Trotz der präsenten Gefahren war mir die Gegenwart eine mondbeglänzte Zaubernacht. In mir brodelte wonnevolles Verlangen nach fleischlicher Lust, aber ich wagte nicht, den Schritt der Verwirklichung zu gehen. Das Leben pochte wild in mir, der Hunger nach Erfüllung wollte nicht verfliegen. Ich verbarg meine Gefühle zu Amalie und begann, über den Tod zu philosophieren und wusste nicht warum. Ich redete von der Kürze des Lebens und was sich wohl hinter seinem Ende verbirgt. Auferstehung und Fortleben, gibt es einen Gott oder eine Allseele? Und wenn, warum lässt Gott sich hier so missbrauchen. Amalie blieb nüchtern und warf in meinen Redefluss trocken und unwiderlegbar ein, keine Utopie habe mehr an Spekulationen und Wunschdenken hervorgebracht als die vom Leben nach dem Tod. Sie bejahe zwar die darin liegende Hoffnung, aber verachte die kraftlosen, hinsiechenden Gedanken unserer gegenwärtigen Zivilisation, die das Überleben des Menschen nahebringen wollen mit dem Glaubenssurrogat an Gesundheit und Erfolg, menschheitsbeglückender Ideologie und Astralmystik als dem energetischen Nichts als Ewigkeitsplatz. Am Ende unseres Gesprächs schien Gott uns noch die beste Antwort auf unser zweifelndes Fragen zu sein. Amalie wollte mit einem die Zeit übergreifenden Werk fortleben und die Gedanken, die sie in sich trug, in Erzählungen festhalten. Ihre Befürchtung war, vorzeitig aus dem Leben scheiden zu müssen, noch bevor sie das in ihr Werdende ausgesprochen haben würde. Die allgegenwärtige Bedrohung durch die mordgierigen Islamisten versetzte mich in

dieser Situation weder in Angst noch Schrecken. Ich entdeckte in jedem Wort, jeder Geste und jedem Lächeln von Amalie Bedeutungen ihrer Einzigartigkeit, wie sie nur von Liebenden gesehen werden. Ich stellte mir vor, dass wir gefangen und erschossen würden und empfand den Gedanken als beglückend, mit Amalie gemeinsam sterben zu dürfen. Heute weiß ich, dass Liebe und Tod dieselbe Seligkeitshoffnung versprechen.

Am fünften Tag stiegen wir einen felsigen Hang hinab. Wir schauten in ein Tal. Auf der Talsohle schlängelte sich ein ausgetrocknetes Flussbett, dahinter zog sich eine Straße mit leichten Windungen, die sich in der Ferne verlor. Ich beobachtete durch mein Fernrohr die Gegend. Auf der Straße näherte sich langsam ein Auto. Drei uniformierte Männer stiegen aus. Ich stellte fest, dass das Auto mit iranischen Hoheitszeichen gekennzeichnet war. Die Männer gestikulierten heftig und beobachteten ein kleines Waldstück, dass sich in unmittelbarer Nähe von uns befand. Wir hatten es geschafft. Vielleicht zweihundert Meter trennten uns vom Iran. Wir umarmten uns überglücklich. Wir wollten loslaufen, als wir Schüsse hörten. Sie kamen von der iranischen Seite. Zwei Grenzsoldaten winkten und schwenkten eine Fahne. Da tat sich uns ein Bild des Sieges und des Lichts auf. Aus dem nahe gelegenen Wald brachen kurdische Flüchtlinge hervor. Frauen, Kinder, alte Männer. Die Frauen trugen Kleinkinder, die größeren Kinder und die Männer waren mit Lasten bepackt. Sie liefen, rannten, stolperten, fielen, rafften sich auf und stützten sich. Die Kräftigsten hatten bereits das Flussbett überquert und die rettende Grenze überschritten, da strömten noch immer Menschen aus dem Wald. Amelie und Ada warfen alles von sich und liefen zu den Fliehenden, um zu helfen. Ada trug Kinder bis zur Grenze, Amalie half den Gebrechlichen durch das steinige Flussbett. Instinktiv stürmte ich mit zwei MP los und erkannte im Laufen, dass auf der oberen Berghälfte

Dschihadisten erschienen, sich in eine Reihe postierten und begannen, auf die Fliehenden zu schießen. Ich fand Deckung hinter einem Felsen und erwiderte das Feuer. Die Dschihadisten rückten unter dem Schutz der Steine zu mir auf. Ich verschoss alle Munition und hatte mich bereits meinem Schicksal ergeben, als rechts und links von mir zwei iranische Soldaten heran robbten und gezielt aus zwei Winkeln die Dschihadisten unter Feuer nahmen. Die zogen sich zurück, nur einer von ihnen stellte sich aufrecht hin, brachte seine Kalaschnikow in Anschlag und schoss ungezielt hoch in die Luft. Ich erkannte ihn, es war mein Kommandeur, mein Hodscha, mein Adoptivvater. Ich begriff, für ihn war die Zeit gekommen, mit seinem Tode als Märtyrer die Seinen aus der Gefangenschaft der Islamisten zu befreien. Von Kugeln getroffen, entglitt ihm das Gewehr. Er breitete die Arme aus, ich schrie:"Vater,nein,nein!"Er taumelte, fiel und rollte einige Meter bergab. Ich kraxelte auf allen Vieren zu ihm. Er war tot. Ich trug ihn auf meinen Schultern über die Grenze ins iranische Kurdengebiet. Dort haben wir ihn begraben und ihm ein Kreuz gesetzt. Amalie hat ein Gebet gesprochen und Ada hat geweint. Kein Kurde nahm Anstoß daran, man tolerierte unser Verhalten. Und Sie, Herr Staatsanwalt, wissen nun, warum ich seinen Namen behalten habe. Den Rest kennen Sie. Wir wurden im Iran freundlich aufgenommen. Wir durften in die Türkei reisen und von dort hat mein Vater mich und die Mädchen abgeholt.

3

Staatsanwalt Agon fragte nach. "Und wo stehen Sie jetzt?" Muhamed formulierte nach einer kurzen Denkpause bedächtig und stockend: "Ich habe viel gelernt. Was ich suchte, waren Hoffnungsideen und Zukunftsvisionen und nicht Teilhabe am Leichenschmaus unserer Zeit. Ich habe begriffen, dass Vernunft,

Glaube und Wahrhaftigkeit die Fundamente unseres Lebens sind. Ich ertrug nicht die quälende Abwesenheit von verbindender Spiritualität und den stets anwesenden Herdengeruch von Neid und Geldgier in unserer Gesellschaft. Ich floh zu Menschen, die als ewige Wahrheit die vollkommene Hingabe an Gott predigen, aber nur Gebote und Verbote, Bestrafung, Fluch und Verdammnis, Ausgrenzung und Intoleranz kennen. Ich musste leidvoll erfahren, dass unter ihrer Herrschaft Ungerechtigkeit, Dummheit und Fanatismus regieren. Sie verbreiten um sich den ekelhaften Gestank von Tod und Verwesung. Ich habe Schiffbruch erlitten und bin doch auf neuen Lebensgrund gestoßen. Selbst in der Hölle habe ich wirkliche Gottesnähe, gelebte Mitmenschlichkeit und wahre Liebe erfahren."

Er lächelte. "Amalie und ich, wir lieben uns. Meinem Vater ist es gelungen, die Familie Abuiada nach Deutschland zu holen."

Staatsanwalt Agon schwieg unerträglich lang. Sein warmherziger Blick ruhte dabei auf Muhamed. Er musste tun, wogegen er sich innerlich sträubte. Er erhob sich, gab Muhamed die Hand und sagte kurz und bündig:"Muhamed, Sie waren kein Terrorist, Sie sind kein Terrorist, dennoch werde ich pflichtgemäß Anklage gegen Sie erheben. Aus Staatsräson."

Er verließ das Vernehmungszimmer und konnte sich nicht gegen seine innerlich anflutende Traurigkeit wehren. Er erinnerte sich, was ihm sein Freund einmal geschrieben hatte: Der Glaube stillt die Sehnsucht nach, er befriedigt die Fiktion von und erfüllt die Hoffnung auf etwas, was die Spanne unseres Hierseins überbrückt. Und er ergänzte im Stillen für sich: Er schützt aber nicht vor der lebenswirklichen Grunderfahrung von Enttäuschung und Desillusionierung. Wohl dem, wer dann seinen Glauben und seine Ideale nicht verliert.

Der Sprung ins Leben

Alla legt das Buch auf das Nachttischchen und klopft sich das Kopfkissen zurecht. Sie streckt sich rücklings ins Bett, zieht die Bettdecke über sich und schaut Gedanken verloren auf die weiß getünchte Decke. Eine Spinne mit riesigem Vorder- und Hinterleib, acht Laufbeinen, zwei Giftklauen und gefräßigem Maul fixiert sie mit ihren Punkteaugen. Alla will aus dem Bett springen, doch der starre Blick des Ungeheuers lähmt sie. Sie ist keiner Bewegung und keines Gedanken fähig, sie ist wehrlos und durchflutet von Todesfurcht. Sie sieht, wie das Monstrum an Stricken sich langsam zu ihr niederläßt, den Todesrüssel nach vorne schiebt und das mörderische Gebiss bereits halb geöffnet hat. Es beginnt, Fäden zu ziehen und einen Zauberkreis um sie zu knüpfen, der ihr ein Entkommen unmöglich macht. Die Bestie kommt näher, behutsam und umsichtig, wächst zu einer unnatürlichen Größe an und fährt ihren Giftstachel aus. Alla will in ihrer Todesnot schreien, aber der Schrei erstickt in ihrer Brust. Sie spürt, wie der Dorn des Monstrums ihre Haut durchdringt. Sie hält den Atem an. Ein warmer Strom breitet sich in ihrem Körper aus. Ihr letzter Gedanke ist, das ist mein Ende. Sie wundert sich, wie wohlig doch das Sterben ist. Dann verliert sie das Bewusstsein.

Der neue Tag begrüßt sie mit Sonnenlicht und sommerlicher Frische. Sie nimmt es nicht wahr und kann mit dem farbigen Morgen nichts beginnen. Ihr scheint, dass die Szene vor ein paar Stunden sich nie ereignet hat. Was war in der Nacht geschehen? War es ein Traum, eine Fiktion, ein Nachtgespinst? Im Spiegel entdeckt sie bei sich keine Einstichstellen und ist sich doch sicher, überwältigt worden zu sein. Verstört nimmt sie das Frühstück ein und hastet zum Institut für Raumfahrttechnik, in dem sie als Forschungsingenieurin tätig ist. Hier in Samara ist die Sojus-Rakete entwickelt worden. Das Institut gilt als führend in der Entwicklung von Weltraum Trägerraketen.

Alla ist deutschstämmig. Ihr Vater wurde nach dem Ende des zweiten Weltkriegs von der Roten Armee von Peenemünde nach Samara verschleppt, um hier als Spezialist für Trägerraketen die Raketentechnik der Sowjetunion voran zu treiben. In Peenemünde hatte er an der Entwicklung der V-Raketen mitgewirkt. Ihm und seiner Frau mangelte es in der Sowjetunion an nichts. Dem Ehepaar war ein kleines Wohnhaus zugewiesen worden und sie genossen alle Privilegien der sowjetischen Führungskaste. Alla, liebevoll Aljoscha gerufen, wurde hier geboren, besuchte hier den Kindergarten und die Schule und beendete ihr Studium an der Technischen Universität. Ihre Eltern wohnten am rechten, hügeligen Ufer der Wolga. Sie hatte sich nach dem Studium eine kleine Zweizimmerwohnung in der Altstadt von Samara gemietet, um ihren eigenen Lebensstil leben zu können.

Die Eltern, konservativ und in Treue sich ergeben, waren über die Jahre zusammen gewachsen und glauben, auch nach dem Tode auf ewig vereint zu sein. Aljoscha versteht sich dagegen als frei geboren und will Liebe nur für kurze Zeit. Die Familie Bergner hofft, eines Tages nach Deutschland ausreisen zu dürfen. Die Ausreisegenehmigung ist ihnen wiederholt abgelehnt worden, weil sowohl Vater als auch Tochter als Geheimnisträger gelten. Im Schatten ihrer Wirklichkeit stehend, überhöhen und idealisieren sie das ferne deutsche Vaterland.

Voll von Wirrnis und Beklommenheit hastet Alla in eine abgelegene Straße von Samara. Dort gibt es eine Alte, die Träume deutet, die Zukunft prophezeit und das Schicksal sogar wenden kann, wie die Leute glauben. Alla hat sie schon öfter aufgesucht. Obwohl Physikerin und wissenschaftlich ausgebildet, glaubt sie an Kräfte, die unser Weltgeschehen bestimmen und doch so unbekannt sind, wie einst die Elektrizität. Die Enge der offiziellen Wissenschaft bedrückt sie, die Parawissenschaften faszinieren sie, Religion interpretiert sie als Morphium für das Volk.

Die Fee, so nennt man die Hellseherin auch in Volkes Mund, ist keineswegs alt. Sie ist eine hübsche Frau mit schwarzem, wallendem Haar, mit klugen Augen und forschendem Blick. Sie steht im gebärfähigen Alter. Sie begrüßt Aljoscha sehr herzlich. "Oh Aljoscha, da bist du wieder. Komm setze dich, trinkst du mit mir einen Tee? Entspanne dich, erzähle mir!" Alla berichtet bleich und bewegt von der Begebenheit der vergangenen Nacht. Die Fee hört geduldig zu, mustert eingehend die Gesichtszüge von Alla, ohne Fragen zu stellen. Als Alla endet, schließt sie die Augen, lehnt sich zurück und versinkt in Trance. Nach einer Pause spricht sie mit monotoner Stimme:"Aljoscha, das war eine Geisterstunde, nicht wirklich und doch real. Du hast erlebt, was die Grenzen deiner Wissenschaft überschreitet und was sie nicht versteht. Du bist in großer Gefahr, sie ist ganz nah. Sie kommt aus fernen Landen. Ein Mann wird dich umgarnen, wird dich mit dem Gift der Liebe infizieren und dich missbrauchen. Lässt du dich von ihm einfangen, wirst du auf dem Schafott enden. Doch fürchte dich nicht, das Schicksal ist wie der Wind, es dreht und wendet sich und lässt sich lenken. Verliebe dich nicht, spiele mit dem Verführer, schlage ihn mit seinen Waffen."Die Fee öffnet ihre Augen, sie hat einen leeren, nach innen gewandten Blick. Aljoscha will noch mehr wissen, die Fee schüttelt verneinend den Kopf."Ich habe nicht mehr gesehen."

Aljoscha dankt, umarmt und küsst die Fee, spendet zehn Rubel und verlässt erleichtert die Vertraute. Sie schlendert gedankenverloren durch die Fußgängerzone, fühlt sich müde und betritt ein kleines Eiscafé. Ein Fremder bittet sie, an ihrem Tisch Platz nehmen zu dürfen. Sie nickt zustimmend und beachtet ihn nicht weiter. Er sucht das Gespräch. "Ein wunderschöner Sommerabend, nicht wahr?"
„Ja."
„In seiner Erzählung „Unter fremden Menschen" oder war es „Ein Sommer"? Egal, da hat Gorki unsere Stadt und den Sommer beschrieben. Voller Wärme und mit optimistischer Bitterkeit. Ich habe einen Aphorismus von ihm behalten: "Alles, was schön ist, bleibt schön, auch wenn es welkt. Und unsere Liebe bleibt Liebe, auch wenn wir sterben."Ja, er war seinem Vaterland sehr verbunden, ein wahrer Patriot. Und er verstand Frauen."
Alla zögert."Gewiss, das war er. Er ist einer der ganz großen Russen und war ein unermüdlicher Kämpfer für die Gerechtigkeit."
„Man merkt an ihrem leichten Akzent, dass sie deutschstämmig sind. Oder irre ich mich?"
Alla stutzt. Was hat es mit diesem Mann auf sich. Warum spricht er sie an? Ist er der Verführer oder ein Geheimer? Die Eltern haben ihr Trauma des Misstrauens auf sie übertragen. Verrate dich nicht, halte dich verschlossen, sprich kein Wort von deiner Tätigkeit, sage nie, was du denkst. Alla wittert deshalb ständig Verrat und überall Gefahr. Die Angst sitzt ihr im Nacken, als Spionin beschuldigt und vor Gericht gestellt zu werden. Angst macht hellhörig und feinfühlig.
Sie wehrt ab. "Nein, nein, ich bin in Samara geboren und habe mein bisheriges Leben nur hier verbracht."
„Ah, nicht zu glauben. Darf ich mich vorstellen? Ich heiße Pavel Astrow."

„Mein Name ist Alla Bergner. Meine Eltern sind in der Tat Deutsche. Aber ich muss jetzt gehen."
Sie zahlt. Pavel fragt:"Darf ich Sie wiedersehen?"
„Wer weiß, wie es der Zufall will."
Sie bummelt weiter durch die Straßen, bleibt vor Schaufenstern stehen, ohne die Auslagen wahrzunehmen. Sie hat ein ungutes Gefühl und spürt es im Magen. Der Einfall kommt plötzlich.
Pavel hatte gelogen. Sie spricht ein akzentfreies und regional typisches Russisch. Sie überlegt. Warum lügt er, was hat er zu verbergen? Gehört er zum Geheimdienst, hat man ihn auf mich angesetzt? Wo und wie habe ich mich verdächtig gemacht? Mit ihren Überlegungen kommt sie zu keinem Ergebnis, ihre Ahnung bestätigt sich aber. Pavel ist Agent des Komitees für Staatssicherheit und hat den Auftrag, einen deutschen Geschäftsmann zu betreuen, den das Institut für Raketentechnik in den nächsten Tagen erwartet.
Pavel, sportlich, tonangebend und beherrscht, hatte in Moskau Politikwissenschaften studiert, war nach dem Studium vom KGB angeworben und in verschiedenen Aufklärungsbereichen eingesetzt worden. Seine Agententätigkeit gefiel ihm. Er verbot sich selbst die intellektuelle Auseinandersetzung mit den ökonomischen, politischen und philosophischen Ideen der Denker, weil sie nur Verwirrung, Unsicherheit und Unordnung in den Köpfen der Menschen erzeugten, wie ihm gelehrt worden war. Er glaubt an die Partei und ist von dem Sieg des Kommunismus überzeugt. An die Liebe glaubt er nicht, er hält sie für ein Gerücht. Als noch junger Endzwanziger rechnet er mit einer schnellen und steilen Karriere im bestehenden System. Dem steht auch nichts entgegen. Sein Lebenswandel ist einwandfrei und bietet keinerlei Angriffsflächen durch Spiel, Alkohol, Schulden oder Affären an. Mit seiner natürlichen Freundlichkeit und Treuherzigkeit erwirbt er sich mühelos Sympathie und

Vertrauen bei den Menschen.

Nach der ersten Begegnung mit Alla in der Altstadt trifft er sie wie zufällig in der Kantine des Forschungsinstituts wieder. Er tut überrascht und Alla ist erschrocken. Er begrüßt sie überschwänglich und plaudert vergnüglich daher. Er sei im Institut in der Finanzabteilung seit wenigen Tagen tätig und fühle sich so fremd wie ein Eisbär in der Wüste. Ob sie mit ihm speise. In den folgenden Tagen nimmt man gemeinsam in der Kantine des Instituts das Mittagessen ein. Alla glaubt zu bemerken, dass er Interesse an ihr hat, sich aber nicht körperlich von ihr angezogen fühlt. Es irritiert sie. Sie schlägt vor, dass man an den Wochenenden doch etwas gemeinsam unternehmen könne. Sie will sich Klarheit verschaffen. Er willigt ein. Sie fahren zum Fluss Samara, mieten sich ein Boot und lassen sich auf dem Wasser treiben. Sie liest ihm aus dem Epos „Ruslan und Ludmila" vor. Die Hitze brütet über dem Land. Sie öffnet ihr Kleid und schiebt es weit über die Knie. Er sieht wohl die Reize ihres Körper, die sinnlichen Lippen, den auffordernden Blick. Er ist nicht zu locken. Die Verführerin beginnt, sich selbst zu verführen. Sie schmiegt sich verstohlen und wie unabsichtlich an ihn, reibt sich wollüstig an seinem Körper und erzeugt steigende Lust bei sich. Unbändiges Verlangen überwältigt sie. Wild entschlossen küsst sie ihn. Und er ? Er ergreift die Ruder und beschämt sie. "Es wird Zeit, den Ausflug zu beenden. Es war ein schöner Tag, vielleicht zu heiß, das bringt das Blut zu schnell in Wallung. "Sie gehen an Land, sie spricht vor Scham und Wut kein Wort, selbst den Abschiedsgruß versagt sie ihm.

In den nächsten Tagen grüßen sie sich knapp und kühl und meiden den gemeinsamen Mittagstisch. Dann sitzt eines Tages Pavel mit einem elegant gekleideten Herrn im Speiseraum des Instituts. Alla beachtet wie in den letzten Tagen Pavel nicht, doch Pavel stellt sich ihr in den Weg. "Darf ich Dir Friedrich von Amorbach

vorstellen, ein Deutscher, der bei uns Geschäfte tätigen will. Setz dich zu uns!" Zum Gast gewandt: "Alla Bergner, Forschungsingenieurin in der Raketenabteilung." Herr von Amorbach, Chemiker und Volkswirt, sprachgewandt, selbstsicher und charmant, soll im Auftrag eines internationalen Konzerns elektronische Gaspumpen verkaufen. Der Bundesnachrichtendienst hat ihn allerdings auch gebeten, wenn möglich, Informationen zu sammeln, die von sicherheitspolitischer Bedeutung für die Bundesrepublik Deutschland sein könnten. Er ist für diese Aufgabe geeignet. Psychisch robust, unterhaltsam, tatkräftig, erlebnishungrig, bedenkenlos und klug. Dass ihm bei seiner Ankunft in Samara sofort ein Betreuer zur Seite gestellt worden war, hat ihn nicht überrascht. Er ist sich sicher, dass Pavel dem KGB angehört, was ihn aber nicht weiter stört. Umgekehrt ist Pavel von seiner Dienststelle informiert worden, dass von Amorbach mit an Sicherheit grenzender Wahrscheinlichkeit auch für den BND tätig sei, höchste Wachsamkeit sei also geboten.
Beide Männer sind mit den Gepflogenheiten der Gegenseite vertraut und wissen, mit wem sie es zu tun haben. Von der ersten Begegnung an finden sie sich sympathisch und entwickeln in kurzer Zeit ein kollegial-freundschaftliches Verhältnis zueinander. Man duzt sich nach wenigen Tagen und frotzelt ungeniert über die eigenen Auftraggeber.

Friedrich ist von Alla elektrisiert. Sie ist wenige Jahre jünger als er, für ihn hübsch und attraktiv. Ihn interessiert bei der Erstbegegnung allerdings nicht ihre weibliche Anziehungskraft. In seinem Kopf haben sich die Worte von Pavel festgesetzt. Forschungsingenieurin in der Raketenabteilung. Welch eine Konstellation. Anmutig-bezaubernde Frau, Ingenieurin in der Raketentechnik und Geheimnisträgerin, verführbar über die Liebe. Noch bevor er eine konkrete Strategie ausgebrütet hat, beginnt er ein small talk mit ihr.

„Ich höre, dass Sie deutscher Herkunft sind!"-

„Ja, nach Kriegsende wurden meine Eltern von Peenemünde hierher verschleppt. Ich kam in Samara zur Welt, ich fühle mich als Russin."

„Sprechen Sie Deutsch?"

„Meine Eltern haben mit mir deutsch gesprochen, als sie das durften, nachdem der Stalinerlaß aufgehoben worden ist. In der Schule hatte ich Deutsch als Wahlfach."

„Dann können wir uns auf Deutsch unterhalten und Geheimnisse austauschen. Unser Beschatter Pavel wird nichts verstehen."

Pavel lacht. "Irrtum, sprechen wir zukünftig nur Deutsch. Das wird meine Sprachkenntnisse aufbessern."

Friedrich läßt nicht locker."Frau Bergner, Raketentechnik ist für eine Frau eher untypisch. Wie sind Sie darauf gekommen?"

„Mein Vater hat im Nazideutschland die V-Raketen mit konstruiert. Er wünschte sich immer einen Sohn, ich bin sein einziges Kind. Da bin ich halt in die Fußstapfen des gewünschten Sohnes getreten."

„Ich verkaufe elektromagnetische Gaspumpen. Deswegen bin ich hier. Bauen Sie inzwischen eigene Pumpen?"

Alla schüttelt den Kopf."Aber Herr von Amorbach, so plump? Sie wissen doch..." „Mein Vorname ist Friedrich, man ruft mich Frieder. Wie ist es damit?"

„Die Preußen schießen anscheinend doch schnell. Aber okay, ich bin Aljoscha."

„Aljoscha, was kann ich denn am Sonntag unternehmen, um ein wenig heimisch zu werden?"

„Nun, Samara ist reich an Sehenswürdigkeiten. Ich empfehle Dir das Regionale Kunstmuseum, das eine umfangreiche Sammlung an russischer Malerei des 16. bis 20. Jahrhundert besitzt. Dort kannst Du Werke von Repin, Lewitan, Malewitsch, Schischkin und anderen Malern bewundern. Oder Du besuchst das Gorki-Theater, am Sonntag wird von ihm „Kinder der Sonne" aufgeführt. Oder wie wäre es mit der Besichtigung des geheimen Bunkers von Stalin aus dem zweiten Weltkrieg?"

„Würdest Du mich begleiten?"

Mit einem spöttischen Blick auf Pavel und einem maliziösen Unterton antwortet sie :"Gern, sehr gern. In Samara gibt es nur wenige Kunst interessierte und sinnenfrohe Kavaliere. Natürlich brauchen wir auch einen Begleiter.."

Pavel: "Ich stehe euch gern zur Verfügung."

Zu dritt erkundet man in den nächsten Tagen die Millionenstadt, ist vergnügt und ausgelassen.

Aljoscha ist einem Mann wie Frieder noch nie begegnet. Ihr imponiert seine Betrachtungsweise der Dinge. Die „Wolgatreidler" von Repin interpretiert er für sie ganz ungewöhnlich. "Es ist für mich ein Sinnbild unseres Lebens. Da schreiten wir mühselig voran, zerren und ziehen unseren mit Idealen überlasteten Kahn, kämpfen gegen den Strom, damit er nicht abgetrieben wird und im Meer des Vergessens verschollen geht. Wir stiefeln dabei durch Morast, trotzen Sturm und Regen und geben nie auf. Wir bleiben uns treu. Treue ist eine der höchsten Tugenden. Jedenfalls für uns Deutsche. Das Bild scheint auf den ersten Blick bedrückend zu sein und verdeutlicht doch den besten Abschnitt unseres Lebens. Die Zeit des Ringens und der Zuversicht."Aljoscha begreift, dass für Frieder alles gegenwärtig und bedeutsam ist, selbst die Vergangenheit. Er lebt in der präsenten Zeit. Darin liegt das Geheimnis seiner Lebendigkeit und Ausstrahlungskraft.

Pavel registriert, dass sich zwischen Frieder und Aljoscha etwas anbahnt und schließt sich immer öfter aus den gemeinsamen Treffen aus. Er will nicht stören.

Bei einem Bootsausflug entnimmt Frieder seiner Tasche ein Büchlein. Es beinhaltet Gedichte von Goethe. Noch bevor er rezitiert, erzählt er vom Liebesglück und vom Liebesende von Friederike Brion und Wolfgang Goethe. Dann trägt er die Sesenheimer Lieder vor. Sie behält im Gedächtnis die Verse:

Ob ich dich liebe, weiß ich nicht.
Seh` ich nur einmal dein Gesicht,
Seh` ich dir ins Auge nur einmal
Frei wird mein Herz von aller Qual.
Gott weiß, wie mir so wohl geschieht!
Ob ich dich liebe, weiß ich nicht.

Alla weiß sehr wohl, wem diese Worte gelten und ist benommen von der Zwiespältigkeit ihrer Gefühle. Das Leben scheint ihr licht und hell, die Welt jauchzt und schmückt sich farbenfroh für sie. Oder ist alles nur Illusion, Wunschdenken, Verkennung der Wirklichkeit? Die nicht eingestandene Sehnsucht findet schnell ihre Erfüllung. Pavel schreibt in sein Observierungsprotokoll:
"Sie lieben sich, er schläft bei ihr. Sind wir zu Dritt, haben sie nur Aug und Ohr füreinander, schnabeln sich, necken sich, sind nicht voneinander zu trennen. Es ist kaum zu ertragen. Keine verdächtigen Umtriebe. Machen Ausflüge, besuchen ihre Eltern. Sie beginnt, sich westlich zu kleiden. Gehen abends oft aus, besuchen Diskos und tanzen bis in die Nacht."
Friedrich interessiert sich für die Geschichte und die Bauwerke der Stadt und besichtigt in seiner freien Zeit die Altstadt, den Kreml, die Moscheen und die Kirchen. Er betritt eines Tages die Mariä-Entschlafenen-Kathedrale und wird gebannt von der Ikonostase, die sich um den Hauptaltar rankt. Die Auferstehungs- ikone zieht ihn magisch an. Ihm ist, als ob sich ihm die Wahrheit vergegenwärtige, daß ein Sieg über den Tod möglich ist. Ein Pope

nähert sich ihm und er vernimmt die abschließenden Worte der Liturgie: "Denn da Mariens Sohn zu mir gekommen, hat er meine Herrschaft vernichtet und die ehernen Tore zertrümmert; die Seelen, die ich einst besaß, hat als Gott er auferweckt. "Frieder küsst das ihm entgegen gestreckte Kreuz, kniet nieder und versinkt in einen Zustand mystisch frommer Ergriffenheit. Als er sich nach langer Zeit erhebt und dem Ausgang zustrebt, sieht er, wie Pavlov vor der Gottesmutter Kerzen anzündet. Über seine Wangen rollen langsam und träge Tränen. Sie brechen das Licht der Kerzen und funkeln wie Diamanten. Frieder wendet sich ab, um seinen Bewacher in seiner Selbstverlorenheit nicht zu beschämen und verlässt eiligen Schritts und innerlich bewegt die Kathedrale. Doch seine Gedanken bleiben an der Frage haften, wie Pavel zu verstehen ist. Das Rätsel löst sich schnell.

Friedrich hat geschäftlich in Uljanowsk zu tun und verlässt deshalb spät abends Aljoscha. Er schlenzt beschwingt durch menschenleere nächtliche Straßen. Er bemerkt vor sich eine männliche Gestalt, die ihm bekannt erscheint. Er folgt der Person und ist sich bald sicher, dass Pavel vor ihm geht und wahrscheinlich bis in die Abendstunden hinein ihn und Alla überwacht hat. In Frieder keimt Neugier auf und er beschließt, seinerseits Pavel zu beschatten. Pavel schreitet zügig voran Richtung Wolgaufer zu einem Stadtteil, der vor allem von gut situierten Bürgern bewohnt wird. Die Einfamilienhäuser, teils älteren, teils neueren Baudatums, sind durchweg ebenerdig und von einem Garten umgeben. Es ist eine drückend schwüle Vollmondnacht. Friedrich will bereits seine Verfolgung aufgeben, als er sieht, wie Pavel sich über einen Zaun schwingt, im rückwärtigen Teil des Gartens verschwindet und nach einiger Zeit zurückkehrt. Dieser Vorgang wiederholt sich an einem weiteren Haus. Friedrich kann sich darauf keinen Reim machen. Beim dritten Mal bleibt Pavel verschwunden. Friedrich nähert sich vorsichtig dem Anwesen, übersteigt den Gartenzaun und schleicht in den rückwärtigen Bereich des Gartens. Er sieht, dass in einem Zimmer der Datscha noch Licht brennt. Aus dem geöffneten Fenster sind undeutlich gesprochene Worte und undefinierbare Geräusche zu hören. Schräg vor dem Fenster steht Pavel schwach beleuchtet, stiert in das Zimmer und masturbiert. Friedrich zieht sich peinlich berührt zurück. Das Gesehene irritiert ihn. Der aufgeschlossene, selbstbewusste Pavel ist Voyerist. Eine Todsünde für einen Geheimdienstler. Friedrich beschließt, sein Wissen zu behalten und es nach Möglichkeit zu erweitern. In den nachfolgenden Tagen übernachtet er wie üblich bei Aljoscha im zweiten Stock eines Miethauses. Wenn er und Alla gegen 22 Uhr zu Bett gehen und noch einige Zeit das Licht brennen lassen, so mutmaßt er, wird Pavel von unten auf das Schlafzimmerfenster starren, wird sich nervös und erregt sexuellen Fantasien hingeben und dranghaft nach Möglichkeiten der Entlastung suchen. Frieder entscheidet sich, seine Annahme zu überprüfen. In einer hellen Mondnacht schaltet er die Nachtbeleuchtung zeitlich verzögert aus, stiehlt sich aus dem Haus und entdeckt Pavel aus weiter Entfernung auf einer Bank sitzen. Pavel raucht, erhebt sich, steuert zügig dem Prominentenviertel am Wolgaknie zu. Frieder folgt ihm. Pavel verschwindet hinter der Rückseite einer prächtigen Datscha. Frieder schleicht ihm nach, versteckt sich hinter einem Sambucusstrauch und beobachtet aus nächster Nähe den Vorgang. Pavel steht vor einem halb geöffneten Fenster. Eine junge Frau betritt das schwach erleuchtete Zimmer, entkleidet sich und legt sich nackt ins Ehebett. Sie ruft wiederholt und sehr laut nach einem Maxim und knipst schließlich resigniert das Licht aus. Maxim kommt, er ist alt und betrunken, lallt vor sich hin und wirft sich mit seinen Kleidern aufs Bett. Die Frau rüttelt ihn und bittet: "Komm zu mir, mach Liebe, du hast es versprochen."Er reagiert

abweisend und wirsch:"Lass das, ich bin müde."Dreht sich zur Seite und beginnt sehr bald zu schnarchen.
Die Frau streichelt sich. Pavel flüstert etwas, das Licht geht an und Pavel stellt sich in den Lichtkegel. Die Frau schaut zu ihm, bleibt ruhig, lächelt und befriedigt sich weiter. Pavel steigt durch das Fenster ins Zimmer, legt seine Bekleidung ab und Friedrich kann sich dem Kick des heimlichen Beobachters eines heftigen Liebesspiels nicht entziehen. Er entfernt sich nach einiger Zeit und spaziert ratlos vor dem Haus auf und ab, unschlüssig, wie er sich verhalten soll. Es ist eine Viertelstunde vergangen, als ein Auto sich dem Hause nähert, anhält und drei Männer aus dem PKW springen. Friedrich hält sich verborgen. Einer der Männer fragt. "Was machen wir jetzt? Sollen wir den Oberst wecken? Das gibt vielleicht Ärger." "Was sonst. Der Kerl ist verschwunden, spioniert irgendwo herum. Nur der Oberst kann eine Fahndung anordnen." "Du weißt, der Oberst trinkt gern. Was, wenn er besoffen ist?" "Macht nichts, wir erfüllen unsere Pflicht. Los, kommt!" Die Männer schreiten zum Haus und bollern an der Tür. Friedrich begreift, welche Katastrophe sich anbahnt. Er hetzt gebückt durch den Garten zur Rückseite der Datscha, beugt sich über die Fensterbank in den Schlafraum. Der Oberst schläft tief und schnarcht laut, die junge Frau stöhnt verhalten und Pavel begattet sie. Friedrich alarmiert ihn mit gedämpfter Stimme:"Pavel,nimm deine Sachen und komm raus. Die Geheimen werden gleich den Oberst wecken. Schnell, beeile dich."Pavel reagiert prompt. Er rafft seine Klamotten zusammen, hechtet mit seinen Sachen nackt durch das Fenster und beide hasten durch die halbdunkle Nacht bis zum Wolgaufer.
Pavel zieht sich an. Die Männer setzen sich, sprechen nicht und betrachten die träge und verträumt dahinfließende Wolga, in der sich der Vollmond widerspiegelt und seinen Silberglanz über die Erde gießt. Wachtfeuer flammen in weiter Ferne an den

Landungsplätzen und reflektieren sich als kleine Pünktchen in den schwarzen Fluten des Flusses. Grillen zirpen, Nachtvögel flirren durch die Dunkelheit und verständigen sich mit kurzen Rufen. Die Skulptur von Stenka Rasin und seiner Geliebten ragt schattenhaft aus dem Wasser. Die Schwüle macht die Glieder schwer. Friedrich summt die Melodie des Volksliedes, das eine Episode des Freiheitshelden Stenka Rasin erzählt. Pavel entkrampft die Situation und spricht verhalten zum Takt einige Strophen des Liedes vor sich hin:

Plötzlich tönt ein dumpf Gemurre,
Er verrät uns um ein Weib.
All der Seinen Glück vergisst er
Um geringen Zeitvertreib.

Vorn als erster Stenka Rasin
Hebt das Weib in wilder Wut .-
Wolga, Wolga nimm das Opfer!
Und er warf sie in die Flut.

Und er hört sie untergehen,
Hört noch ihren Jammerschrei:
Stirb als Opfer meiner Treue
Stenka Rasin, er ist frei!

Pavel hält inne. Dann lässt er seinen Gedanken freien Lauf: "Ja, wen lieben wir, wem sind wir treu? Ist es die Liebe, die Macht, das Geld, das Ideal? Wer verrät uns, sind wir frei?"
Friedrich unterbricht ihn:"Pavel, wir sind Freunde. Was machst du für Sachen?"
„Ich weiß es nicht. Nein, vielleicht doch. Ich war noch sehr klein, da haben sie mir Vater und Mutter entrissen, mich in Heimen

untergebracht und dort erzogen. Ich kenne keine Liebe und kann nicht lieben. Ich habe mich als Kind danach gesehnt, getätschelt, in die Arme genommen, getröstet und liebkost zu werden. Vergeblich. Ich war 13 oder 14 Jahre alt, lag am Wolgastrand und hing meinen Träumen nach. Nicht weit von mir, hinter Gebüschen, ließ sich ein Pärchen nieder. Ich luchste und lauschte, wie sich beide küssten, streichelten und liebten. Ich sah zum ersten Male die Brüste, den Körper, die Scham einer Frau und hörte die brünstigen Laute der Leidenschaft. Ich konnte mich von dieser Szene nicht abwenden, wurde sexuell erregt und befriedigte mich selbst. Ich versetzte mich in die Rolle des Geliebten, der Besitz ergreift und mit Zuneigung und Vertrautheit beschenkt wird. Es war eine Erlebniswelt, die mir bislang verschlossen war. Ich habe danach dieses Erlebnis an Badestränden, in Parks, in dunklen Häuserecken, bei parkenden Autos, vor nächtlichen Fenstern gesucht und gefunden. Es ist für mich virtuelle und persönliche Sexualität. Ich schade keinem Menschen, ich brauche keine Angst zu haben, abgewiesen zu werden. Meine Sexualität ist ungemein vielfältig. Ich räume ein, ich genieße Sex nicht personal und nicht ganzheitlich, eigentlich nur in Teilen. Ich weiß, ich bin Partner untauglich. Aus Angst. Ich leide manchmal darunter, bitte die Mutter Gottes, lieben zu können wie alle Männer. Aber ich kann es nicht."

In Friedrichs Kopf hämmert es. Taucht das Bild der Heiligen Gottesmutter beim Anblick eines Weibes in seiner Seele auf? Doch er lenkt ab, das Gehörte ist ihm zu schwer zu ertragen: "Wusstest du, dass du mit der Frau deines Vorgesetzten in seiner Gegenwart geschlafen hast?"

„Seine Gegenwart, das war auch für mich sehr aufregend. Einmalig, ein Gipfelerlebnis. Aber ich habe erst begriffen, wer er ist, als du mich gewarnt hast."

„Pavel, ich möchte über die Angelegenheit nicht mehr sprechen.

Es hat keinen Sinn. Vergessen wir es. Ich habe aber eine Bitte. Vielleicht kannst du mir helfen. Es soll keine Erpressung, es soll ein Freundschaftsdienst sein. Ich liebe Aljoscha. Ich habe für sie und ihre Eltern eine Einreise-und Aufenthaltsgenehmigung für Deutschland erwirken können. Jetzt brauchen wir noch eine Ausreisegenehmigung der Russischen Föderation für die Familie Bergner. Siehst du Möglichkeiten?"
Pavel überlegt und äußert sich zurückhaltend."Ich kann nichts versprechen. Ich muss nachdenken, um einen Weg zu finden. Vergiss nicht, der KGB hat mit diesen Sachen wenig zu tun.."

Oberst Michailov ist schlecht gelaunt, als Pavel bei ihm vorspricht, um seine schriftlichen Berichte über Friedrich zu erläutern. "Genosse Oberst, Herr von Amorbach hat in Deutschland und in den USA studiert, hat akademische Titel erworben und ist ein Frauenheld. Er ist naiv, überheblich und arrogant. Er verkauft elektromagnetische Gaspumpen, die wir brauchen. Das kann er. Er ist unfähig, unserem Staat Schaden zuzufügen. Er schneidet Zeitungsartikel aus, die wir selbst verfasst haben und schickt sie nach Deutschland. Er meint wohl, damit seinen Auftraggebern wichtige Erkenntnisse über unser Vaterland zuzuspielen. Er ist aber dumm genug, sein Land und Europa zu schädigen, wenn wir ihn dazu anleiten. Ich habe da eine Idee. Europa ist dabei, eigene Trägerraketen für den Weltraum zu entwickeln. Sie nennen sie Ariane. Sie wollen damit Europa von uns und den USA unabhängig machen. Dieser von Amorbach hat sich in eine Alla Bergner verliebt, die als Forschungsingenieurin im Institut für Raketentechnik arbeitet. Wir müssen von Amorbach dazu bringen, dass die Bergner ihm technische Daten unserer Raketentechnik verrät, die er dann nach Deutschland abliefert. Diese Daten werden von uns präpariert und werden die Entwicklung der Ariane sehr verzögern und die europäischen

Ingenieure weltweit als Stümper deklassieren. Als Lockmittel müsste die Familie Bergner die Ausreisegenehmigung erhalten, danach müsste der Alla Bergner die weitere Tätigkeit im Institut verboten werden. Das entspricht unserem üblichen Vorgehen und wirkt glaubhaft."

„Und wie wollen Sie von Amorbach bewegen, dass die Bergner sich zur Industriespionage verleiten lässt?"

„Ich werde seine Intelligenz bewundern und ihm Schritt für Schritt nahe bringen, dass er unsere Idee als die seinige begreift. Wie ich ihn kenne, wird er es als Chance ansehen, sich bei seinen Auftraggebern profilieren zu können. Und die Widerstandskraft verliebter Frauen kennen Sie ja."

Oberst Michailov schmunzelt. Der Plan gefällt ihm und verspricht, seine Reputation höheren Orts zu stärken. "Gut, ich werde mich rückversichern, Sie hören noch von mir. Arbeiten Sie das Vorgehen schriftlich aus und reichen Sie mir das Konzept ein."

Nach zwei Wochen erhält Pavel den Befehl, die Operation „Amor" wie konzipiert durchzuführen. Der Familie wird die Ausreisegenehmigung von Amts wegen zugeschickt. Pavel teilt Friedrich mit, Aljoscha müsse in zwei Tagen ihren Part erledigen, dann werde ihr wegen Staatsgefährdung gekündigt und sie dürfe nicht mehr das Institut betreten. Er übergibt Friedrich das Passwort, mit dem Aljoscha die technischen Daten der neuen Sojus Rakete von ihrem PC anzapfen und auf einen Stick laden kann.

Am folgenden Tag, einem Sonntag, fahren Aljoscha und Frieder mit einem Mietwagen in die Steppe.

Sie finden unter einem Baum einen lauschigen Platz für ihr Picknick, legen sich nach dem Essen entspannt auf die Decke und plaudern verliebt daher.

„Frieder, ich bin so glücklich, dass wir bald in Deutschland sein werden. Ich habe immer davon geträumt und kann es noch gar nicht glauben. Was erwartet uns dort?"

„Liebste, als erstes werden wir heiraten und werden Kinder bekommen. Wir werden älter werden, glücklich sein bis zum Tode. Wie im Märchen."

„Ich kann noch nicht fassen, dass wir ausreisen dürfen. Es kommt so unerwartet. Hast du damit etwas zu tun?"

„Ich werde es dir später erklären. Es ist alles sehr kompliziert. Wir müssen dafür auch einen Preis zahlen.."

„Einen Preis?"

„Ja und du musst mir vertrauen, absolut vertrauen. Deine Liebe muss stark sein."

„Es klingt so geheimnisvoll und spannend. Es macht mich auch beklommen. Was ist der Preis?"

„Aljoscha, du musst mir glauben. Ich würde von dir nie verlangen, was dich gefährdet. Ich liebe dich wie mein Leben."

Sie küsst ihren Frieder. "Ich weiß, fordere, was du willst, ich bin dein."

„Gut. Merke dir das Passwort Amor Rasin 3,7,4,8. Damit kannst du von deinem PC im Institut die technischen Daten für die neue Sojus-Rakete auf einen Stick laden. Diesen Stick brauche ich, es ist der Preis für unser Glück. Hast du den Mut dafür?"

„Ja. Industriespionage?"

„Ja, es ist ein abgekartetes Spiel. Der Einsatz ist klein, der Gewinn ist groß."

„Ich werde es tun. Frieder, liebster Frieder, ich liebe dich und lege mein Leben in deine Hände."

Das Pärchen herzt sich, vergisst darüber die Abmachung und bettet sich bequem. Frieder schläft ein, Alla liegt in seinem Arm und betrachtet die Zweige des Baumes. Aus dem Blättergewirr schält sich eine Spinne, die sich an gewebten Fäden näher und näher zu Alla niederlässt. Ihre Laufbeine wachsen sich zu mächtigen Fangarmen aus, ihre Augen funkeln bösartig, der

giftige Rüssel ist auf sie gerichtet. Der grässliche Moloch öffnet und schließt sein gefräßiges Maul, seine Zähne blitzen.
Alla versteinert. Sie sieht den Stachel auf sich zukommen, spürt einen Stich und fällt tiefer und tiefer in einen bodenlosen Raum. Aus dem Untergrund vernimmt sie hohl klingend die weiße Fee:" Der Mann wird dich zum Schafott führen, schlage ihn mit seinen eigenen Waffen!"
Der Brust von Alla entringt sich ein Schrei: "Nein, nein, nochmals nein!"
Friedrich schreckt auf. "Aljoscha, was hast du?" Alla zittert am ganzen Körper. "Nichts, es ist nichts.
Ein Alb. Laß uns nach Hause fahren." Auf dem Rückweg bleibt sie bleich, verstört und schweigsam.
Ihre Kehle ist trocken, sie spürt einen Knoten im Hals. Er stellt besorgt fest, dass sie totenbleich ist. Er drückt sie an sich, sie lehnt sich an ihn. Ihre Hände flattern. Sie ist verzweifelt. Beim Abschied bittet sie Frieder, diesmal nicht bei ihr zu übernachten.
Am nächsten Tag erscheint sie nicht im Institut zur Arbeit.

Als Oberst Michailov am Montag seinen Dienst antritt, wird ihm gemeldet, eine Dame müsse ihn in einer sehr dringenden Angelegenheit sprechen. Es ist Alla. Sie stellt sich dem KGB-Chef vor und erklärt kurz und bündig: "Gestern hat mich ein mir unbekannter Mann abends in der Straßenbahn von hinten angesprochen. Ich solle mich nicht umdrehen und ruhig verhalten. Er raunte mir zu, mit dem Passwort Amor Rasin 3,7,4,8 könne ich von meinem PC die Geheimdaten der neuen Sojus-Rakete auf einen Stick laden. Wenn ich ihm diesen Stick aushändigen würde, würde er mir ein sorgloses Leben für alle Zukunft ermöglichen."
Der Oberst blickt Alla ungläubig an:"Ich kann es nicht glauben, es ist nicht zu fassen, ich kann es nicht begreifen..."Er dreht sich

zum Fenster. "Klingt merkwürdig, sehr merkwürdig. Mein Gott, was es in dieser Welt alles gibt. Unsere Feinde werden immer dreister."
Dann wimmelt er Alla ab: "Ich werde der Sache sofort nachgehen. Sie, Frau Bergner, werde ich für den Verdienstorden zweiter Klasse vorschlagen. Sie können gehen."Alla ist erstaunt, sie hat sich ein Verhör beim KGB ganz anders vorgestellt.

Friedrich sitzt im Hotel am Frühstückstisch und liest die Nowaja Gazeta. Pavel erscheint und postiert sich mit zwei Polizeibeamten vor Friedrich. "Herr von Amorbach, ich muss Sie bitten, sofort ihre Sachen zu packen und die Hotelkosten zu begleichen. Sie werden wegen des Verdachts der Spionage des Landes verwiesen. In vier Stunden startet in Rostow ein Flugzeug nach Frankfurt. Wir werden Sie nach Rostow begleiten. Beeilen Sie sich."
Friedrich erhebt keinen Einspruch. Er wird in einem PKW nach Rostow eskortiert. Er vermutet, von Pavel getäuscht worden zu sein. Wie konnte er auch glauben, dass Pavel hinnehmen würde, dass jemand von seiner sexuellen Devianz weiß und ihn gefährdet. Frieders Schädel brummt. Seine Gedanken kreisen sorgenvoll um Aljoscha. Hat man sie überführt, wartet auf sie Sibirien oder gar die Todesstrafe? Wie kann ich ihr helfen. Was habe ich nur getan. Habe ich nur an mich gedacht, war ich zu egoistisch mit meiner Liebe? Er versucht, seine Gedanken zu ordnen und eine Lösung für Aljoscha zu finden. Vergeblich. Pavlov hat alles gut eingefädelt, Aljoscha und er sind ihm ausgeliefert.
Auf dem Flughafen von Rostow befiehlt Pavel den begleitenden Polizisten, beim Auto auf ihn zu warten. Er werde allein Friedrich durch die Sonderschleuse zum Flugzeug bringen.
Auf dem Weg dort hin flucht Pavel mit gedämpfter Stimme:"Jup twoa match. Verdammte Scheiße. Wir haben keine Erklärung, wir wissen nichts. "Und mit brüchiger Stimme: "Frieder, ich bin

unendlich traurig, dass Deine Liebe so endet."
„Nein Pavel, es war mehr. Es sollte der Sprung in ein neues Leben für Aljoscha und für mich werden. Über alle Gräben hinweg. Wir haben es nicht geschafft. Was ist passiert?"
Pavel hebt resigniert Arme und Schultern. „Wir sind ratlos. Heute morgen war Aljoscha beim Oberst und hat ihm mitgeteilt, man habe sie zur Spionage überreden wollen, ohne deinen Namen zu nennen. Weiß der Teufel, was in sie gefahren ist. Liebt sie unser Vaterland wirklich mehr als Dich? Oder ist es die Panik vor dem Sprung? Ich weiß es nicht. Wir schieben Dich ab, um Dich vor weiteren Ermittlungen und einem Schauprozess zu schützen. Wir haben natürlich auch eigennützige Interessen. Aljoscha wird zur Heldin des Volkes ernannt und zur Abteilungsleiterin im Institut befördert. Und wir waren erfolgreich." Nach Minuten: "Frieder, jetzt verstehst Du mich vielleicht, was ich von Frauen und der Liebe halte. Sie sind unvereinbar mit Verlässlichkeit."
Friedrich atmet auf."Ach Pavel, du redest dir Unsinn ein. Aber lass uns Freunde bleiben. Freundschaft hält."
Die Männer umarmen sich und tauschen Bruderküsse aus. Friedrich steigt die Gangway zum Flugzeug empor, Pavel singt zum Abschied aus voller Brust mit seiner wohltönenden Bassstimme die letzte Strophe von Stenka Rasin, dass es weit über das Rollfeld schallt:
Und die Kähne ziehen weiter
Und die Kähne ziehen fort
Und die Wolga fließet weiter
Über diesen Unheilsort.

Es vergingen zwei Jahre. Herr von Amorbach sitzt in seinem Arbeitszimmer. Die eingegangene Post wird ihm vorgelegt, die er flüchtig überfliegt. Bei einem Briefumschlag stutzt er. Der Poststempel hat kyrillische Buchstaben. Er öffnet das Kuvert.

Eine Fotografie fällt heraus. Sie zeigt Alla und Pavel, der einen kleinen Jungen auf den Armen trägt. Das beigefügte Schreiben ist kurz gefasst.

„Lieber Frieder, Alla und ich sind verheiratet. Wie Du siehst, wir haben einen Sohn. Er heißt Friedrich. Wir lieben uns und sind sehr glücklich. Die Gottesmutter hat mich erhört. Alla kennt unser Geheimnis und ich kenne ihr Geheimnis.

Alla als Leiterin des Instituts lässt ausrichten, dass das Institut elektromagnetische Pumpen dringend benötigt. Die Kaufverträge sind von Moskau genehmigt worden. Wir erwarten Dich und grüßen Dich in brüderlicher Verbundenheit - Alljoscha und Pavel."

In der Handschrift von Alla steht nur ein Satz.

„ P.S. Wir sind alle durch Schicksal miteinander verbunden. - Maxim Gorki."

Frieder besinnt sich nicht lange. Er greift zum Telefon und teilt dem Konzernchef freudig erregt mit:

„Herr Welfen, endlich ist das Geschäft mit unseren elektromagnetischen Pumpen in trockenen Tüchern. Ich werde in vierzehn Tagen nach Russland reisen, um dort die Formalitäten zu erledigen.

Sie wissen ja, wie bürokratisch und umständlich die Russen sind. Ich rechne mit einer Aufenthaltsdauer von etwa drei Wochen in Samara. Meine Frau wird mich begleiten. Sie soll eine Fahrt auf der Wolga erleben. Man schwimmt gelassen auf dem Schiff dahin, die Ufer gleiten beschaulich an dir vorbei, Dörfer und Weiler schweben dir entgegen, unendliche Wälder und Steppen weiten deine Seele. Man wird verwandelt, erfährt die eigene Winzigkeit und bejaht das Leben."

Das Beil

1

Er gab ihr Abschiedsküsse, die nicht enden wollten. Sie wirkten bei ihr wie ein Gift, das alle Widerstandskräfte paralysiert. Er dagegen erstarkte mit jedem Kuss und genoss die Süße seines Tuns mit Wonne und hatte leichtes Spiel, die Unschuld ihr zu nehmen. Sehr früh, noch ein Kind, hatte sie gelernt, Sünden zu bekennen, die sie nicht kannte und die auch keine waren und dafür zu büßen. Bei jeder Beichte war ihr eingetrichtert worden, der fleischlichen Lust zu widerstehen, sonst erwarte im Jenseits grässliche Marter auf sie. Und nun dies. Anja wusste, sie würde später ihrer Wollust fluchen und fühlte doch im Augenblick der Hingabe ungekanntes Glück. Als die Beiden aus dem Wäldchen gingen, sie bedrückt, er zufrieden, überfiel sie Angst, durch einen gezeugten Bastard angeschwärzt zu werden und ihre Zukunft verspielt zu haben. Sie schwieg betrübt und sah schwere Strafe auf sich kommen. Großer Gott, meine Hoffnung ruht auf dir. Du allein kannst mir verzeihen. Doch die Hoffnung trog. Alexej, der Verführer, verließ mit Stolz den Ort der Sünde und hatte seine Schwüre, wie schon zuvor bei anderen Mädchen, längst vergessen. Es war für ihn ein Sieg ohne Glückseligkeit und doch Triumph. Nach einer Diskonacht, ohne vorher sie zu kennen, kehrte er heim mit jungfräulicher Trophäe. Das kam nicht alle Tage vor. Der Lust berauschende Augenblick war verflogen, neue Abenteuer winkten dem vom Erfolg gekröntem Mann.

Die Eltern warteten mit bangem Herzen auf Anja bis in die Morgenstunden. Sie tadelten die Tochter und warfen ihr vor, die guten Sitten und den Anstand zu verletzen. Tränen flossen, sie widerstand nur mühsam der Mutter prüfenden Blick. Anja war

jung und hübsch, blond gelockt mit blauen Augen und voll des guten Glaubens. Sie ließ von Alexej nicht ab. Er hatte sich in ihr Herz tief eingegraben. Die Welt schien ihr ein Blumengarten, in dem sie blühte für ihre erste Liebe. Der Vater warnte. Alexej tauge nichts. Er habe nichts zu Ende gebracht, wechsle oft die Arbeit, trinke gern und mache Schulden. Solche Worte knickten Anja, sie weinte bei der Schelte, doch ihr Fleisch blieb insgeheim lüstern, sich mit Alexej weiterhin zu vereinen. Der Begehrte schlenderte wie bisher durch das Leben, hatte auch nichts dagegen, die Ehe einzugehen, als er vom gezeugten Kind erfuhr. Die Hochzeitsfeier war bescheiden, bei der Geburt des neuen Erdenbürgers sprach keiner mehr von Schande. Die Vorsätze von Alexej waren gut, er glaubte selbst daran. Er sprach von Treue, Pflicht und Verlässlichkeit, wollte Familienvater und auch Bürger sein und fühlte sich sehr bald wie ein Sklave. Tagaus, tagein, stets dasselbe und kaum Vergnügen. Zwei Jahre sehnte er sich nach der aufgegebenen Freiheit, gefesselt an den staatlichen Ehevertrag und dem kirchlichen Sakrament. Und dann schenkte ihm Anja
zu allem Überdruss noch eine Tochter. Er begrüßte das liebliche und holde Wesen mit kalten Armen und hielt sich nicht mehr an seine Versprechen. Er gab die Arbeit auf, begann zu trinken und bestätigte sich bei jungen Mädchen und auch Frauen. Anjas sanftes Wesen, ihre milde Seele und ihr Glauben an das Gute ließen ihre Liebe durch sein Verhalten nicht ertränken. Sie schützte und verteidigte ihn vor Fremden, schämte sich seinetwegen und verbarg ihren Kummer. Sie fürchtete Spott und Schande und ertrug alle Demütigung mit der Überzeugung, Liebe darf nicht vergänglich sein. Alle Gemeinsamkeiten versiegten. Er aß und schlief zu Hause und ging morgens in seine Kneipe. Suchte sie ihn anfangs dort auf, dann fragte er barsch, was sie von ihm wolle. Ihn quälte zunehmend alkoholische Eifersucht, er verprügelte sie grundlos und malträtierte sie auf schreckliche

Weise. Die Nachbarschaft sah es wohl, aber wollte die sichtbaren Spuren seiner Gewalttätigkeit nicht sehen, die nächtlichen Schreie nicht hören und die Angst der Kinder nicht erkennen. In der Nacht zum zwölften Hochzeitstag erschlug Anja Alexej mit einem Beil.

2

Sie saß vor ihrem Richter. Keine Klagen, keine Tränen. Kühl und monoton war ihr Bericht, verlangsamt ihre Sprechgeschwindigkeit, der Gedankenfluss sehr zäh. Registrierte sie den Richter? Sie sprach zu sich ins Leere. Wie der Richter sich auch mühte, er entdeckte keinen Hass bei ihr, keine Genugtuung und keine Reue über das Geschehene. In seinen Augen schwamm Gefühl, in ihren Augen nicht. Er spürte, hier brodelte kein schuldiges Blut, hier war der Himmel eingestürzt. Er setzte sich das Ziel, die Räume ihres Herzens zu erkunden und war erstaunt, dass sie ihm widerstandslos Eintritt in ihr Inneres gewährte und sich ihm ungeschützt Preis gab.

„Erzählen Sie von Anfang an,'was ist geschehen?"
„Schon der Beginn unserer Ehe war zerfahren, nicht so, wie es hätte sein müssen. Ich möchte sagen, es war ein bisschen asozial. Viele Schulden, altes Mobiliar und er stets freudlos. Die Kinder waren von mir erwünscht, sie machten mich glücklich. Ich liebte es, ihnen Harmonika vorzuspielen und mit ihnen zu singen. Er saß verdrossen und langweilte sich, hing mit seinen Gedanken wohl in der Vergangenheit und fühlte sich von uns belästigt. Aber er ging zur Arbeit, brachte Geld nach Hause und so konnten wir sorgenfrei und bescheiden leben."
„Und die Ehe?"
„Unser Eheleben wurde ihm schnell eintönig. Er war nicht zärtlich. Nach drei Jahren hat er am Samstag oder Sonntag Liebe

gemacht, mechanisch, mich als Objekt gebraucht."
„Hatten Sie miteinander Streit?"
„Am Anfang der Ehe selten. Einmal oder zweimal. Es ging um Nichtigkeiten. Nur einmal hat er mit der flachen Hand mich ins Gesicht geschlagen. Ich habe zurück gehauen und ihn in die Hand gebissen. Und genau vor acht Jahren gab er seine Arbeit auf. Ich weiß nicht warum. Wenn ich ihn fragte, gab er keine Antwort. Von dieser Zeit an veränderte er sich. Zu Bekannten und Freunden war er freundlich, lud sie zu uns ein, redete fortwährend und ließ keinen zu Wort kommen. Hatte sich der Besuch entfernt, begann er ohne äußeren Anlass zu schimpfen. Die Besucher seien hinterhältig, quasselten nur dummes Zeug, hielten sich für schlau und machten sich insgeheim über ihn lustig. Und irgendwann weitete er die Anwürfe auf mich aus. Ich sei eine schlechte Mutter, erziehe die Kinder nicht richtig und tauge nichts. Er geriet in Wut und wirkte auf mich furchteinflößend. Seine Wutanfälle aus heiterem Himmel traten immer öfter auf. Anfangs entschuldigte er sich dafür nach zwei oder drei Tagen des Schweigens, später nicht mehr. Im Urlaub besuchten wir einmal ein Dorffest. Dort bekam er seinen Rappel. Er stand plötzlich auf, zog mich mit sich zur Pension, packte seine Kleidung, nahm alles Geld an sich und fuhr ohne Erklärung mit dem Auto fort. Am Vormittag des nächsten Tages kehrte er zurück. Wir mussten in das Auto steigen und der Urlaub war beendet. Auf der Fahrt sprach er kein Wort, auch zu Hause nicht. Die Kinder weinten, er schüchterte sie mit Gebrüll ein. Auf meine Fragen reagierte er nicht. Nach zwei Tagen tat er so, als sei nichts passiert."
Der Richter erkundigte sich:"Sie wirken erschöpft, brauchen Sie eine Erholungspause?"
„Nein, es ist so viel geschehen, ich habe Schwierigkeiten, die zeitliche Abfolge der Ereignisse einzuhalten."
„Erzählen Sie, was Ihnen gerade einfällt!"

„Nun ja, dass er an Minderwertigkeitsgefühlen litt, hatte ich sehr bald begriffen. Auf diesem Hintergrund deutete ich seine Unberechenbarkeit. Aber dann äußerte er immer öfter, erst versteckt, dann direkt, er sei mir nicht genug, ich ginge fremd. Er habe gesehen, dass ich ins Auto des Nachbarn gestiegen und mit ihm fortgefahren sei.

Spuren meiner Unzucht habe er auf dem Rücksitz des Autos gefunden. Beim Schützenfest wurde ich von einem Bekannten zum Tanze aufgefordert. Ich versicherte mich bei Alexej, ob er dagegen etwas einzuwenden habe. Er beteuerte lachend, er sei doch kein Sklavenhalter. Als ich vom Tanze zurückgeführt wurde, bestand er auf sofortigen Aufbruch. Unterwegs warf er mir vor, ich verhielte mich wie eine Straßendirne. Er ertrage das nicht länger. Er habe die Schnauze voll und wisse nicht weiter. So sei das Leben für ihn nicht lebenswert. Ich solle bekennen, dass ich mich von ihm trennen wolle, um mit anderen Männern schamlos und ungehindert huren zu können. Er lasse sich aber nicht scheiden, ich würde ihm gehören. Ein Schwanz müsse mir reichen. Ich warf ein, ich sei keine gekaufte Kuh und erwartete von ihm respektvolle Behandlung. In unserer Wohnung verlor er vollends seine Kontrolle. Er schüttelte und würgte mich, schrie, ich sei seine Frau, bevor ich mich von ihm trennte, brächte er mich um. Im Bad erzwang er den Geschlechtsverkehr auf abweichende Art. Am nächsten Morgen war er fröhlich und gut gelaunt. Er bereitete das Frühstück vor, kümmerte sich um die Kinder und regte an, gemeinsam etwas zu unternehmen. Ich hielt ihm vor, was am Vortage vorgefallen war. Er tat erstaunt. Der Abend sei doch sehr harmonisch gewesen, wir hätten uns geliebt. Von diesem Zeitpunkt an fielen bei ihm alle Schranken und ich begriff, dass er psychisch und sexuell gestört ist. Er begann zu trinken, zunächst nur Bier, dann Bier mit Weinbrand. Erst nur abends, dann tagsüber und schließlich bereits frühmorgens. Verstehen Sie, er füllte seinen Kopf mit Schnaps und nicht den Magen. Und was in seinem Gehirn geisterte, ließ er an mir aus. Betrunken traktierte er mich regelmäßig mit Schlägen und mit Tritten, weil ich eine Nutte sei. Ich könne ihn nicht belügen, er sei bestens informiert. Bei der Geburt von Tanja habe er einen Sender in meine Gebärmutter einpflanzen lassen, er wisse genauestens Bescheid von meinen täglichen Eskapaden. Ich verdiente Strafe. Kam er nachts nach Hause, forderte er Sex, der stets mit Gewalt einher ging. Meine Abwehr reizte ihn. Er verdrehte mir die Arme, fesselte und würgte mich, hämmerte mit Fäusten auf mich ein, bis ich vor Schmerzen schrie. Er schob Gegenstände in mich und quälte mich auf jede erdenkliche Art. Ich bettelte, hör auf. Er tat es nicht. Ich wagte zweimal ihm zu bedeuten, dass ich die Torturen nicht länger ertragen könne. Da sprang er auf, riss mich aus dem Bett, drückte mich gegen die Tür und zückte ein Messer. Ich käme nie von ihm los, eher bringe er mich und die Kinder um. Er warf mich auf das Bett, legte eine Kordel um meinen Hals und zog zu. Er grinste. Siehst du, so schnell geht es, so schnell. Ich verlor das Bewusstsein, kam zu mir, er schlief. Ich beschloss, ihn zu verlassen. Am nächsten Tag floh ich mit den Kindern ins Frauenhaus. Dort half man mir, über einen Anwalt die Scheidung einzureichen. Nach einer Woche hatte mich Alexej ausfindig gemacht. Entgegen dem Rat der Sozialarbeiter ließ ich mich auf ein Treffen mit ihm ein. Er zeigte Reue, versprach Besserung, wollte vom Alkohole lassen, der an allem die Schuld trage und werde wieder arbeiten. Ich habe nachgegeben. Seine Alkoholabstinenz hielt vier Wochen, eine Beschäftigung fand er in dieser Zeit nicht. Mein Frauenarzt stellte bei mir ein Gewächs im Unterleib fest. Es musste operativ entfernt werden.

Nach der Operation hielt mir Alexej vor, dass ich nun keine vollwertige Frau mehr sei. Er frage sich, wie unser Eheleben sich weiter gestalten solle. Nun hätte ich freie Hand und könne es

sorglos mit allen Männern treiben. Ich würde ihm das Trinken verbieten, das einzigste, was er noch vom Leben habe. Er holte aus der Küche eine Flache Kognak und trank sie aus. Er faselte, er könne sich auch eine Eselin nehmen, die wäre genau so kalt wie ich. Ich konterte, dass er noch nie Rücksicht auf mich genommen hätte und sich stets allein befriedigt hätte. Er köpfte eine zweite Flasche und verlangte von mir nach wenigen Schlucken den Mundverkehr. Ich weigerte mich. Er drängte mich in die Küche, stieß mich auf den Boden und urinierte auf mich mit den Worten, du Schlampe, ab jetzt nehme ich keine Rücksicht mehr auf dich. Ich werde dich so lange vögeln, bis du deine Hurenböcke vergisst. Er schlug und quälte mich und machte es drei-oder viermal bis zum Morgen. Und konnte sich am nächsten Tag angeblich nicht erinnern, was in der Nacht geschehen war."
Sie sprach nicht weiter und schien doch völlig unberührt. Der Richter schlug vor, nun doch eine Pause einzulegen. Sie lehnte ab und fuhr fort:
„An einem Tage rechnete er mir vor, dass ich nach dem Tachostand 30 km in den letzten vier Tagen gefahren sei. Ich musste ihm aufzählen, wo ich in diesen Tagen überall gewesen war. Er glaubte mir nicht, nahm an, ich hätte mich mit Männern amüsiert. Er redete sich in Wut, nahm ein Messer, legte es auf den Tisch und forderte, dass ich es freiwillig mache oder er nagele mich an die Wand. Ich zog mich aus. Er wollte den Analverkehr, ich wehrte ab. Er prügelte auf mich ein, urinierte auf mich und giftete, ich sei das größte Schwein, das es auf Erden gebe. Er legte mich gewaltsam über die Couchlehne, ritzte mich mit dem Messer und tat es dabei von hinten. So ging es fort, fast Tag für Tag."
Der Richter:"Und Sie haben es ertragen? Nie wieder Schutz und Hilfe gesucht?"
„Oh doch. Ich konsultierte einen Psychotherapeuten. Dem schilderte ich ausführlich meine Situation wohl länger als eine

Stunde. Er fragte mich, was an den sexuellen Praktiken meines Mannes denn so schlimm sei und welchen Anteil ich daran hätte. Ich war verblüfft und fühlte mich unverstanden. Weiß denn kein Mensch, was Gewalt aus einem Menschen macht? Ich verließ grußlos diese Praxis für seelische Nöte. Ich war am Ende und der Gewalttätigkeit von Alexej psychisch nicht gewachsen. Er hatte mich mit Terror gefügig gemacht. Wenn ich ihn nur erwartete oder sah, stiegen in mir Unruhe, Spannung und Angst auf. Ich hatte keinen Lebenswillen mehr. Die Alltagsaufgaben erledigte ich mechanisch, ohne Willen, ohne Kraft. Ich wurde apathisch, konnte mich nicht mehr freuen und zog mich von allen Menschen zurück. Ich wünschte mir den Tod herbei, nur die Kinder hielten mich am Leben. Oft spielte ich mit dem Gedanken, sie mit in den Tod zu nehmen. In den ersten Ehejahren lehnte ich mich noch innerlich auf, dann ekelte ich mich vor ihm und hasste ihn. Aber auch diese Gefühle gingen mir mit der Zeit verloren. Ich verlernte das Lachen, ich verlernte das Weinen. In mir war alles erstorben, nur die unsägliche Angst vor ihm nicht. Ich ertrug es still als Gottesstrafe für meine Jugendsünden. Ich betete zu Gott und bat um Vergebung und um Hilfe. Doch Gott blieb stumm und tatenlos."

3

Der Richter wollte wissen, was in der Nacht geschah. Sie schilderte ihm das schreckliche Geschehen.
Nach dem Mittagsmahle hatte Alexej wie üblich das Haus verlassen, fluchend, dass sie nicht schmackhaft kochen könne. Volltrunken erschien er nach drei Stunden. Der Justus habe ihm geflüstert, Anja treibe es mit vielen Männern, das sei in der Stadt bekannt. Alexej schüttelte, schlug und würgte sie, nannte sie ein Miststück und stieß sie die Treppen hinunter in den Keller. Dort

setzte er ein Messer an ihre Kehle. Gestehe es, gestehe, sonst bist du und sind deine Bastarde tot. Und sie gestand, was sich nie ereignet hatte. Sie sei drei Männern vertrauensvoll in eine Wohnung gefolgt, um Stühle aus einer Haushaltsauflösung eventuell zu kaufen. Dort habe man sie genommen, nicht einmal, nein, ein jeder dieser Täter. Sie hatte kaum das Bekenntnis ausgesprochen, da streckte Alexej sie mit einem Faustschlag nieder und begab sich stracks zu den Trinkkumpanen, um sich als Ehrenmann zu brüsten, der sich nicht von seiner Frau hörnen lässt. Anja lag mit Körperschmerzen auf den Fliesen und war über sich selbst entsetzt. Was erwartet sie, wo sie ihm seinen Wahn bestätigt hat. Nie wird er das erpresste Geständnis vergessen, ewig damit seine Grausamkeiten rechtfertigen, jeden Widerruf wie von Sinnen mit gesteigerter Brutalität ihr vergelten. Es musste Rettung her - doch woher und wie? Im Halbdunkel des Kellers blinkte auf einem Regal geschliffenes Eisen. Es bot sich an, lockte und entfachte heiße Glut und neue Kraft in ihr. Aus ihren Herzenswunden quoll der Gedanke, nimm das Beil und erschlage ihn.

Zitternd nahm sie das Werkzeug in die Hand, zwei Kilo schwer. Sie schauderte. Sie sichtete auf dem Beil einen Totenschädel. Bist du Richter und Vollstrecker? Nein. Soll er dich weiter schänden? Nein. Willst du es bis zum Ende dulden? Nein. Verdient ein Mensch den kalten Mord? Nein. Verflucht sei die Tiefe meiner Verlorenheit und der Wahrheit mächtige Widersprüchlichkeit, die jede Entscheidung in Frage stellt. Sie rannte verwirrt und innerlich zerrissen in das Wohngemach, überwältigt von der Furcht, dass der Satan bald erscheint. Und er kam. Sie kamen zu Dritt. Sie warfen sie ins Ehebett und vergnügten sich mit ihr. Er blökte trunken, gebt es ihr, der Hure, das hat sie gern. Und ihr, meine Freunde, zahlt mir dann mein Bier. Johlend zogen sie hinfort, beschmutzten sie noch mit Worten und prahlten voreinander mit ihrer Gräueltat. Sie aber blieb stundenlang im Bette liegen wie eine Tote. Er erschien nach Mitternacht. Polternd, torkelnd, unverständlich lallend, wie es Bürger unterhaltsam finden und ihren Spaß daran haben. Sie stellte sich vergeblich schlafend. Das Vollmondlicht winkte durch das Fenster und täuschte Frieden vor. Sie roch seinen widerlichen Biergestank und spürte seine perverse Begierde. Er ließ seine Hose fallen und begeiferte sie unflätig. Dreckige Fotze, hattest endlich dein Vergnügen. Du täuscht mich nicht, ich sah deine Lust, konntest nicht genug bekommen. Er ohrfeigte sie, drückte die brennende Zigarette auf ihrem Körper aus, presste ihre Beine gewaltsam auseinander und rammte sich in sie. Ihre Schmerzensschreie blieben ungehört. Er scheuerte sie wund, um den Höhepunkt zu erreichen, blieb aber unbefriedigt und schlief schließlich ermattet ein. Ihr schien, als spräche eines guten Geistes Stimme zu ihr. Bezwinge deine Angst, zeige Mut und sprenge deine Ketten. Mach ein Ende, Friede und Ruhe erringst du nur durch seinen Tod. Alle Zweifel wurden ihr da genommen. Traumtänzerisch stieg sie in den Keller. Das Beil begrüßte sie und sprach, nutze die Gunst der Stunde, es macht sich auch ganz leicht. Leicht wog das Eisen und eilte ihr voraus, denn die höchsten, erlösenden Gedanken und Taten der Menschen sind nicht gebunden an die Physis dieser Welt. Sie vollenden sich wie von selbst. Sie folgte dem Tatwerkzeug. Alexej lag mit offenen Augen und ahnte wohl, was ihn erwartet. Sie stand vor ihm, das Beil schwebte über seinem Kopf und lähmte ihn. Der Tod, neban von Anja, blickte verächtlich auf diese Hülle. Liebe, Pflicht, Fleiß und Treue, Mut, Weisheit, Mitmenschlichkeit und Rechtschaffenheit gab es hier für ihn nicht zu holen, nur Ballast für die Hölle.

Der Sterbensblick von Alexej flehte, erbarme dich und vergebe mir. Sie teilte ihm das Urteil ruhig und gelassen mit. Du hast Gewalt gesät, nun ernte sie. Gott sei dir gnädig. Das Beil sauste nieder und spaltete seinen Schädel.

4

Der Richter fragte mehr versonnen als sie prüfend:
„Und die Schuld?"
Ihre Antwort war sibyllinisch:
„Jeder Mensch macht seine eigenen Fehler, für die er allein einzustehen hat."

Stalking

Sie lagen am Strand dicht beieinander auf Decken und sonnten sich. Er begann der Fremden zu erzählen, so, als sei sie ihm vertraut: "Wir warteten auf den Beginn des Gottesdienstes. Ich betrachtete meine Nachbarin zur rechten ungeniert. Wir sind ja schließlich in Deutschland. Ihr Teint strahlte im reinlichen Hellbraun, sie hielt ihren Blick gesenkt und tat, als ob sie meine Unverfrorenheit nicht bemerken würde. Dabei blätterte sie nervös in den Seiten des Liederbuches. Sie hatte ihr langes schwarzes Haar zu einem Zopf geflochten. Ihr Körper war gertenschlank und zartgliedrig und wirkte zerbrechlich. Nach einer Weile hob sie ihren Kopf, wandte sich zu mir und blickte mich mit ihren schwarzen Augen abweisend und strafend an. Ich ließ mich nicht beeindrucken, im Umgang mit Frauen bin ich erfahren. Ich lächelte und stellte mich vor.
"Ich bin Ajith, ich habe sie in unserer Kirchengemeinde noch nie gesehen."
Sie antwortete ernst und züchtig, was mir sehr gefiel:"Ja,meine Familie ist erst vor kurzer Zeit nach Düsseldorf gekommen."
„Und wie heißen Sie?"
„Ananda."
„Das bedeutet die Glückliche, wie schön."
Eine ältere Dame, die gerade Platz neben Ananda genommen hatte, stieß meine Nachbarin an. Es war wohl ihre Mutter. Das Harmonium intonierte das Eingangslied, wir erhoben uns, der Pfarrer erschien. Während des Gesanges und der Predigt überlegte ich, wie ich mit Ananda bekannt werden könnte. In der Regel gehe ich nach dem Gottesdienst sofort nach Hause. Die meisten

Gläubigen nutzen aber die Gelegenheit, um nach der Andacht Tee zu trinken, miteinander zu tratschen und Geschäfte zu besprechen. Diesmal begab ich mich nach dem Gottesdienst in den Vorraum, trank Tee und tauschte mit Bekannten Belanglosigkeiten aus. An der Ausgangstür gelang es mir, Ananda und ihre Mutter abzufangen.

„Entschuldigen Sie, ich höre, dass Sie erst seit kurzer Zeit in Düsseldorf sind. Ich weiß, wie schwierig es ist, sich in einer so großen Stadt und dann noch in einem fremden Land zurechtzufinden. Darf ich Ihnen in irgendeiner Weise behilflich sein? Mein Name ist Ajith."

Ich hatte mich nur an die Mutter gewandt. Sie reagierte freudig überrascht.

„Das ist ganz lieb von Ihnen. Kennen Sie sich denn in Düsseldorf aus?"

„Gewiss, ich lebe schon seit fünfzehn Jahren hier.."

„Oh, wie alt waren Sie, als Sie nach Deutschland kamen?"

„Keine vierzehn Jahre. In Deutschland gab es damals die Regelung, dass Bürgerkriegskinder aus Sri Lanka hier aufgenommen werden können, wenn sie unter vierzehn Jahre alt sind. Mein Vater hatte seinen Bruder gefragt, der hier bereits wohnte, ob er mich aufnimmt. Mein Onkel erklärte sich dazu bereit."

„Und Ihre Eltern und Geschwister?"

„Sie sind in Sri Lanka geblieben."

„Wie schrecklich. Wie haben Sie das verkraftet?"

„Von Deutschland war ich begeistert und habe es bewundert. Ich kam sehr schnell in die Schule, fand dort Spielkameraden und Freunde und Anschluss an die Kirchengemeinde. Schon nach einem Jahr beherrschte ich die deutsche Sprache. Doch anderseits, da war mein Herz. Ich habe in der ersten Zeit jeden Abend geweint. Onkel und Tante waren zu mir sehr lieb, sie hatten mich gern und behandelten mich wie einen Sohn. Aber Mama und Papa

-Sie verstehen?"
„Ja, ich kann es nachempfinden. Wissen Sie was, kommen Sie uns doch in den nächsten Tagen besuchen, vielleicht am Mittwoch. Ich glaube, meine Kinder können sehr viel von Ihnen lernen."

Das war der Beginn meiner Beziehung zur Familie Rakeen. Bei meinen Besuchen wollte Frau Rakeen sehr viel von meiner Vergangenheit wissen. Ich erzählte ihr, dass ich in der Kleinstadt Mullaitivu geboren wurde und dort auch aufwuchs. Meine hinduistische Familie gehörte der Weisheitskaste an. Sie besaß viel Land und war wohlhabend. In meiner Kindheit wurde ich sehr behütet. Ich besuchte einen Kindergarten, zu dem ich täglich von einem Fahrer gebracht und auch abgeholt wurde. In der Schule habe ich leicht und schnell gelernt, die tamilischen Lehrer haben mich respektiert, weil ich ja in eine höhere Kaste geboren worden bin. Aber dann kam der Bürgerkrieg. Die Tamilen wollten einen eigenen Staat und die Einwohner unserer Stadt waren überwiegend Tamilen. Sie enteigneten meine Familie, zwangen meinen Vater zu niedriger Arbeit und begannen, Kinder als Soldaten für ihren Freiheitskampf einzusammeln. Sie nahmen auch mich gefangen und verschleppten mich in ein Camp in den Urwald. Ich war damals zwölf Jahre alt. Im Camp lernte ich zu schießen, Minen zu legen und Auto zu fahren. Wir indischen Jungen bangten ständig um unser Leben. Wer sich verweigerte, wurde zum Kampfeinsatz befohlen und musste ohne Waffen in vorderster Linie feindliche Stellungen stürmen. Das kam einem Todesurteil gleich. Ich wurde als LKW-Fahrer eingesetzt und transportierte von den Stützpunkten aus Waffen, Munition und Soldaten zur Front. Bei einer solchen Fahrt wurde der LKW, den ich fuhr, von Artilleriegranaten getroffen. Ich wurde aus dem Führerhaus geschleudert, hörte die Schreie der verwundeten Soldaten und rannte in Todesangst einfach los, bis ich vor

Erschöpfung auf die Erde sank. Irgendwie schlug ich mich nach Mullaitivu durch, hielt mich bei meinen Eltern versteckt, die meine Ausreise nach Deutschland organisierten. Tante und Onkel gehören hier einer christliche Kirche an, in der geflüchtete Inder, Tamilen, Singhalesen, Malaien und Moors aus Sri Lanka betreut werden. Sie hatten den christlichen Glauben angenommen, nahmen mich zu den Gottesdiensten mit und gaben mir die Bibel zu lesen. Ich habe damals viel geweint. In der Bibel heißt es, auch wenn dich deine Eltern verlassen, Jesus wird immer bei dir sein. Das hat mich getröstet und meine Tränen oft gestillt. Ich habe mich dann mit sechzehn Jahren taufen lassen und bin seitdem in der christlichen Gemeinschaft geblieben. Ich gehe jeden Sonntag zur Kirche, ich bin voller Dankbarkeit, dass ich hier in Frieden leben darf.

Meine Lebensgeschichte blieb nicht ohne Wirkung. Frau Rakeen bot mir Tee und Süßigkeiten an und gab mir zu verstehen, dass sie mir gern Ersatzmutter sein wolle. Ich besuchte sie öfter und bedachte sie dabei mit kleinen Geschenken. Ananda befand sich in der Ausbildung zur Krankenschwester. Da ich Krankenpfleger bin, lernte ich mit ihr Anatomie und Physiologie. Wir wurden miteinander vertraut und fanden aneinander Gefallen. Eines Tages fragte ich sie, ob ich sie nach Dienstschluß vom Krankenhaus abholen dürfe. Sie bejahte, allerdings dürfe ihre Mutter davon nichts erfahren. Danach trafen wir uns öfter und telefonierten sehr häufig und zu jeder Zeit miteinander. Das musste heimlich geschehen, weil Ananda befürchtete, dass ihre Mutter ihr den Umgang mit mir verbieten würde. In unserer Kultur ist es nicht üblich, dass Jungen und Mädchen unbeaufsichtigt in Verbindung stehen oder sich sogar treffen. Die Eltern arrangieren die Eheschließung und erst nach Vertragsabschluss darf das Paar sich in Gegenwart Dritter sehen und erst nach der Hochzeit ist Liebe erlaubt. Acht Monate lang trafen wir uns in aller Heimlichkeit.

Von Ananda erfuhr ich, dass sie ihren Vater verloren habe, als sie sechs Jahre alt gewesen sei. Er habe in Colombo an der Universität gelehrt und sei eines Tages unauffindbar verschwunden. Ihre Mutter vermute, dass er wegen seiner politischen Ansichten verhaftet und getötet worden sei. Seine Leiche sei jedoch nie gefunden worden. Ananda schwärmte von ihrem Vater und betonte wiederholt, dass sie nur einen Mann heiraten werde, den sie auch wirklich liebe. Verschämt ergänzte sie einmal, ich dürfe sie nicht verlassen. Lieber wolle sie sterben als mich verlieren. Das war nach unserer Tradition eine Liebeserklärung. Wir küssten uns zum ersten Male.

Irgendwann fiel Anandas Mutter auf, dass Ananda sehr häufig ohne Begleitung das Haus verließ. Sie wurde wohl misstrauisch. Als ich mit Ananda einmal telefonierte, betrat die Mutter überraschend in ihr Zimmer. Ananda versteckte das Handy unter der Decke und ich hörte, wie die Mutter sich erkundigte, ob alles in Ordnung sei. Ananda tat unschuldig. Ihre Mutter fragte, ob ich ihr nachstellen würde. Ananda sagte zaghaft, Mama, ich liebe Ajith und er liebt auch mich. Lass uns glücklich sein. Anandas Mutter verlor ihre Selbstbeherrschung, warf der Tochter böse Worte an den Kopf und verhängte ihr Ausgehverbot. Sie denkt fanatisch in tradierten Bahnen. Ich habe mich ihr gestellt und mich zu meiner Liebe bekannt. Sie aber hielt mir vor, ich hätte hinter ihrem Rücken die Ehre ihrer Tochter beschmutzt und die Gepflogenheiten unserer Kultur missachtet. Ich solle nie wieder ihre Wohnung betreten und dürfe Ananda nicht mehr sehen. Ananda berichtete mir später unter Tränen, dass die Mutter ihr vorgehalten hätte, dass sie ein undankbares Kind sei. Sie werde sich erhängen, wenn Ananda sich weiterhin wie eine Käufliche mir hingebe. Sie sei eine Schande für die Familie. Der ältere Bruder beaufsichtigte fortan Ananda auf Schritt und Tritt. Was konnte ich tun? Ich war aufrichtig verliebt und konnte von meiner

Liebe nicht lassen. Ich hatte keine bösen Absichten und ging auf im Liebesrausch. Ich schickte der Mutter Blumen und Ananda viele Briefe und SMS. Ich erhielt keine Antwort. Ich schlich stundenlang vor ihrem Hause auf und ab und hoffte, Ananda beim Verlassen des Hauses sprechen zu können. Vergeblich. Als ich einmal Frau Rakeen in der Stadt auf der gegenüberliegenden Straßenseite sah, lief ich zu ihr und fragte, warum sie Ananda und mir das Leben so schwer mache. Da schrie sie, ich sei eine giftige Schlange. Ich hätte mich in ihre Familie eingeschlichen und würde die Zukunft Anandas zerstören. Und dann spuckte sie auf meine Füße. Ich geriet außer mir und kränkte sie mit den Worten, dass man merke, dass sie der Kaste der Kloreiniger entstamme. Es ist bei uns eine schreckliche Beschimpfung. Ananda fand nach einiger Zeit doch einen Weg zu mir. Sie rief mich von ihrer Freundin an und wir verabredeten, uns an einer Straßenecke zu treffen. Dort stieg sie in mein Auto ein. Wir lachten und weinten zugleich, küssten uns und waren uns schnell einig, einige Tage gemeinsam zu verbringen. Wir fuhren in die Eifel. Abends teilte Ananda ihrer Mutter telefonisch mit, dass sie nach drei Tagen nach Hause komme. Wir übernachteten in einer kleinen Pension, ich bewahrte ihre Ehre. Wir waren sehr glücklich und erlebten wunderbare Stunden der Zuneigung und des Verstehens. Wir malten uns eine gemeinsame Zukunft aus und träumten von Kindern.

Wenige Stunden nach unserer Rückkehr, ich hatte Ananda vor ihrem Hause abgesetzt, wurde ich in meiner Wohnung verhaftet. Frau Rakeen hatte Strafanzeige gegen mich erstattet und dabei angegeben, ich hätte Ananda entführt. Ich konnte den Sachverhalt schnell aufklären und wurde auf freien Fuß gesetzt. Drei Wochen später ließ mir Ananda über ihre Freundin einen Brief zukommen. Sie schlug darin vor, dass jeder von uns zehn Tage Urlaub einreichen und ich sie am Sonntag vor dem Gemeindehaus nach dem Gottesdienst entführen solle. Nach einem ungeschriebenen Gesetz unserer Kultur ist eine Frau verheiratet, wenn sie dreimal von ihrem Liebhaber entführt worden ist. Mit dem Plan von Ananda war ich einverstanden. Ich weihte meinen Freund in das Vorhaben ein. Am vereinbarten Sonntag warteten mein Freund und ich in einigem Abstand vor der Kirche. Nach Ende des Gottesdienstes verließen wie üblich einige der Gläubigen das Gemeindehaus und unterhielten sich auf der Straße. Frau Rakeen und Ananda standen mit einem Ehepaar auf dem Bürgersteig. Ich fuhr langsam an die Gruppe heran und hielt etwa drei Meter von ihnen entfernt an. Mein Freund sprang aus dem Auto, rannte zu Ananda, ergriff sie am Arm, zerrte sie zum Auto und stieß sie in den Wagen. Ananda schrie, die Mutter wollte ihr zu Hilfe eilen, wurde aber von meinem Freund zurückgestoßen und stürzte zu Boden. Ich raste mit Vollgas los. Die Entführung war geglückt. Ananda und ich beschlossen, die Urlaubstage in Paris zu verbringen. Wir mieteten uns dort in ein einfaches Hotel ein. In der zweiten Nacht küssten und streichelten wir uns wie bisher. In großer Erregung setzte sich Ananda plötzlich auf mich, umfasste meinen Penis, führte ihn bei sich ein und entjungferte sich. Es war für mich eine Sternstunde meines Lebens. Ananda beschwor mich, dass wir nunmehr untrennbar vereint seien. So hatte sie sich gegen ihre Mutter doch durchgesetzt, denn nun war Ananda unwiderruflich keine ehrbare Frau mehr und musste mich, ihren Verführer, heiraten. Sie hatte sich selbst für einen anderen Mann eheuntauglich gemacht. Wir liebten uns, wir liebten Paris, wir liebten die Welt.

Als wir die Heimreise antraten, teilte Ananda ihrer Mutter mit, dass wir nun Mann und Frau seien. Wir waren sehr gespannt, wie ihre Mutter wohl reagieren würde. Als ich vor der Haustür hielt, stürzten Polizisten des SEK auf mein Auto. Sie rissen die Tür auf, zogen mich auf die Straße, warfen mich auf die Erde und fesselten mich. Sie durchsuchten mich, stießen mich in ihren Wagen und rasten mit mir zum Polizeipräsidium. Dort eröffnete man mir, dass ich wegen des dringenden Tatverdachts der Geiselnahme und körperlichen Misshandlung in Haft genommen werde. Mir war sofort klar, dass Frau Rakeen dieses Spiel eingefädelt hatte. Beim Haftrichter versuchte ich erfolglos, ihn von meiner Unschuld zu überzeugen. Nach zwei Tagen ließ sich ein Rechtsanwalt bei mir blicken, der mir als Pflichtverteidiger zugeordnet worden war. Er las mir die Aussage von Ananda vor. Ich sei ein Bekannter ihrer Mutter aus der Kirchengemeinde und hätte öfter die Familie Rakeen besucht. Ich sei nett zu ihr gewesen, im Laufe der Zeit sei ich aber aufdringlich geworden. Ich hätte ihr gestanden, in sie unsterblich verliebt zu sein. Sie habe mich entschieden zurückgewiesen. Ich aber hätte ihr ständig aufgelauert, sie telefonisch belästigt, sei ihr wie ein liebesgeiler Hund nachgelaufen, habe ihr keine Ruhe gegeben, weder tags noch nachts. Wir hätten uns niemals heimlich getroffen, hätten auch nie Zärtlichkeiten ausgetauscht. Zweimal hätte ich sie entführt. Das erste Mal habe sie sich auf dem Weg zum Krankenhaus befunden. Ich hätte mit dem Auto neben ihr gehalten und ihr angeboten, sie zur Dienststelle zu fahren. Sie sei eingestiegen, ich hätte ihr meine Liebe erklärt und ihre Zurückweisung dahingehend kommentiert, dass ich wüsste, auch sie liebe mich, sie gehorche nur der Mutter. Als sie mich gebeten habe anzuhalten und sie aussteigen zu lassen, hätte ich sie als Schlampe beschimpft, sie bedroht und geschlagen und sei mit ihr drei Tage entgegen ihren Willen in ein kleines Dorf in die Eifel gefahren. Sie habe um ihr Leben gefürchtet und sich gefügt. Nicht anders sei es bei der Parisfahrt gewesen. Ich und ein anderer Mann hätten sie überfallen und gefangen genommen. Sie sei mit Worten eingeschüchtert worden. Wenn sie sich nicht füge, würde ich sie vergewaltigen und sie mit einem Messer töten, sollte sie versuchen, mir zu entkommen. Die Angst habe sie gelähmt. Ihr sei es psychisch schlecht ergangen. In zehn Tagen habe sie zwölf Kilogramm abgenommen. Ich war über die Behauptungen von Ananda entsetzt, habe ihr wiederholt geschrieben, um sie zur Vernunft zu bringen. Ich habe an ihre Liebe zu mir appelliert, sie hat daraufhin eine richterliche Verfügung erwirkt, nach der ich nicht mehr zu ihr in Kontakt treten durfte. Ich habe mir die Situation zunächst schön geredet, dass sie mich nach wie vor liebe und das auch vor Gericht bestätigen werde. Sie sei nur ihrer Mutter hörig.

Beim Prozess sollte sie als Zeugin gehört werden. Sie bestand darauf, dass im Gerichtssaal zwischen ihr und mir eine Sichtschutzwand aufgestellt werde, denn wenn sie mich sehe, gerate sie in Panik. Ihre Anwältin trug vor, Ananda leide an einer posttraumatischen Belastungsstörung mit dauerhafter Beeinträchtigung durch Angstreaktionen, Bedrohungsgefühlen, Albträumen und sprachlicher Äußerungsunfähigkeit. Die Begegnung mit mir im Gerichtssaal bewirke bei ihr eine Retraumatisierung, die ihren psychischen Zustand akut gefährde. Bei ihrer Zeugenaussage weinte Ananda und wiederholte stereotyp, sie sei von mir geschlagen, bedroht und gegen ihren Willen entführt, aber nicht entjungfert worden. Ansonsten wisse sie noch kaum etwas von den Tagen der Geiselnahme, es sei wie ein böser Traum, an den sie sich nur noch bruchstückhaft erinnern könne.

Die Anwältin legte ein ärztliches Attest vor, wonach das Hymen von Ananda noch intakt sei. Damit sei der Beweis erbracht, dass ich lügen würde. Meine Lage schien hoffnungslos. Der böse Einfluss der Mutter war stärker als unsere Liebe. Am dritten Verhandlungstag rief mein Verteidiger einen präsenten Zeugen auf. Es war ein immigrierter Medizinmann aus Sri Lanka. Er beschwor, dass er das Hymen von Ananda vor einigen Wochen gegen Bezahlung operativ rekonstruiert habe. Das ist in unserer Heimat durchaus üblich, wenn zu verehelichende Mädchen Schande und noch Schlimmeres nach einem Fehltritt vermeiden wollen. Das Verfahren hatte eine dramatische Wende bekommen. Das Gericht ließ sich von mir überzeugen und sprach mich in allen Anklagepunkten frei.

Sehen Sie, nur wenige Menschen können aus eigener Kraft zur Wahrheit stehen. Sie brauchen dazu Hilfe und Ermutigung. Und dennoch gilt, dass der Mensch das ist, wozu er sich macht oder machen läßt. Ananda ist schwach, sie hat sich und unsere Liebe verraten. Ich frage Sie, darf man Menschen noch vertrauen? Oder werden wir vom Bösen bestimmt, das in uns wohnt?" Ajihts Fragen richteten sich an eine Frau, die er nicht kannte, die deutlich älter war als er, verlebte Gesichtszüge und kluge Augen hatte. Es ist oft am Leichtesten ‚zu Fremden über das Intimste zu sprechen. Man weiß, man wird sich nicht wiedersehen. Es gibt keine Schamschranken, keine Befürchtung, sich später mit Vorhalten auseinandersetzen zu müssen, kein Moralisieren. Die Fremde hieß Gabriele. Ihre Antwort war unverbindlich „Wir leben in einer dunklen und unheimlichen Welt. Die Tür zur Wahrheit und zur Wirklichkeit bleibt uns verschlossen. Wir werden in diese Welt geboren und keiner fragt uns, ob wir das wollten oder nicht. Und dann wird für uns entschieden und später entscheiden wir selbst. Wir steuern und werden gesteuert. Ajith, du musst dich fragen, was du am Verrat von Ananda beigetragen hast und welchen Anteil Ananda daran hat. Diese Aufgabe musst du allein lösen, ehrlich und kritisch, auch wenn es weh tut. Ein Außenstehender kann dir zuhören, die Wahrheit aber nicht ergründen."
Gabriele hielt kurz inne, dann gab sie sich einen Ruck. "Als ich

achtzehn Jahre alt war, erfüllte ich mir meinen Lebenstraum. Ich verließ mein Elternhaus. Mein Vater war Postbeamter und in seinen Einstellungen und Ansichten obrigkeitshörig, kirchengläubig und engherzig. Er hatte das Sagen in der Familie. Meine Mutter und wir Kinder gehorchten ihm widerspruchslos. Ich durfte vom zwölften Lebensjahr an nicht mehr mit Jungen spielen, später musste mich mein älterer Bruder bei allen Ausgängen begleiten. Der Besuch von Diskos war mir verboten, ab zwanzig Uhr durfte ich das Haus nicht mehr verlassen. Hielt ich mich nicht an diese Vorschriften, verordnete mir der Vater Stubenarrest. Also alles ähnlich wie bei Ananda. Nach meiner Schulentlassung wäre ich gern Erzieherin geworden, aber das durfte ich nicht. Mein Vater meinte, ich würde eh heiraten und Kinder bekommen. Die Ausbildung sei unsinnig und verschleudere nur Geld. Er schickte mich in eine Schuhfabrik zum Geld verdienen. Da meine Mutter sehr krank und häufig bettlägerig war, oblag es mir schon als Schulmädchen, einzukaufen, zu kochen und den Haushalt in Ordnung zu halten. Du kannst dir denken, dass mein größter Wunsch war, so leben zu dürfen wie meine Altersgenossinnen. Als Volljährige ergriff ich die erstbeste Gelegenheit, um aus dem Elternhaus zu flüchten. Ich bezog ein Einzimmerappartement, arbeitete weiter in der Schuhfabrik, feierte Partys, genoss meine Freiheit mit Freunden und war zufrieden. Bei einer Geburtstagsfeier lernte ich meinen späteren Ehemann kennen. Er saß für sich allein. Ich hatte etwas Alkohol getrunken.

Er gefiel mir. Ich forderte ihn zum Tanz auf. Er verhielt sich schüchtern und zurückhaltend. Ich übernahm den aktiven Part, das schien ihm zu gefallen. Ich plapperte und plapperte, er hörte zu und lächelte. Ich begleitete ihn bis zu seiner Haustür und sagte ihm, dass ich bei ihm schlafen möchte. Er lächelte, ging wortlos voraus und ich folgte ihm in seine Wohnung. Wir liebten uns. Ich fühlte mich bei ihm sicher und aufgehoben. All das, was mich über

Jahre bedrückt hatte, brach aus mir wie Lava bei einem Vulkan aus der Tiefe meiner Seele hervor. Ich redete, er hörte zu, schwieg und lächelte. Ich spürte, er versteht mich und nimmt mich an. Nach sechs Wochen Bekanntschaft waren wir verheiratet. Ich habe ein Jahr lang gesprochen, er hörte ein Jahr lang zu, dann wusste ich nichts mehr zu erzählen. Er schwieg und lächelte noch immer. Ich brachte einen Jungen zur Welt, ein Wunschkind. Ich widmete mich nun ganz dem Kind und begriff allmählich, dass mit meinem Mann irgend etwas nicht stimmt. Er war fleißig, fürsorglich und verlässlich, aber er mied soziale Kontakte, Menschenmengen und Veranstaltungen. Er sprach gehemmt in unvollständigen Sätzen, wenn überhaupt. Über sein Lächeln hinaus zeigte er nie spontane Freude, Mimik und Gestik waren bei ihm steif und gefroren. Wenn ich nicht sprach, herrschte in unserer Wohnung Schweigen. Zu Hause zog er sich in sein Arbeitszimmer zurück und beschäftigte sich am Computer stundenlang mit mathematischen Problemen. Mit unserem Sohn bin ich allein spazieren gegangen, habe mit ihm alles mögliche unternommen, Bücher gelesen, Kinderfeste gefeiert und Schulaufgaben gemacht. Fragen des Kindes hat mein Mann nicht beantwortet, er reagierte nur, geh´ zur Mama. Als unser Kind zehn oder elf Jahre alt war, kam er einmal zu mir und sagte, Mama, der Papa ist nicht normal. Was sollte ich tun? Ich wollte nicht allein ausgehen und mich vergnügen. Ich wurde ein Heimchen, war wie in meiner Jugend eingesperrt und von allen Lebensfreuden abgeschnitten. Auf dem Berufskolleg holte ich das Fachabitur nach, trat danach das Fernstudium in Psychologie an und erwarb den Bachelorabschluss. Im Studium lernte ich, dass mein Mann autistisch gestört ist. Zwölf Jahre lang hielt ich es in dieser Gefangenschaft ohne Ziel und Hoffnung aus. Dann waren Verständnis und Mitmenschlichkeit bei mir erschöpft. Liebe und Sex zu ihm waren in mir erstorben, ich wollte nicht mehr .Ich teilte ihm das an einem Abend mit. Er sagte, verzeihe mir, dass ich so bin und wandte sich wieder seinen mathematischen Problemen zu. Wir ließen uns einvernehmlich scheiden. Du hast ja geschildert, wie es ist, wenn man Trennung erleidet, in die Vereinsamung gestoßen wird und Trauer sich deiner bemächtigt. Ich habe mir Selbstvorwürfe gemacht, dass ich meinen Mann verlassen und dem Sohn den Vater genommen habe. Ich begann zu trinken, wollte nur noch vergessen. In Kneipen, bei Pennern auf der Parkbank, bei irgendwelchen fremden Menschen klagte ich mein Leid. Das ging eine Weile gut, dann wurde ich in die Psychiatrie eingewiesen, weil ich volltrunken und bewußtseinsgestört im eigenen Erbrochenen in einer Häuserecke aufgefunden wurde. Die Entgiftung über vier Wochen brachte mich zur Besinnung. Ich blieb fortan trocken, in mir setzte sich aber die Idee fest, dass ich beweisen muss, dass ich lieben kann. Nicht nur körperlich, sondern auch geistig und emotional, hingebungsvoll und einfühlsam, aufrichtig und tolerant, altruistisch und bescheiden. Liebe ist Vollkommenheit, so dachte ich. Ich gestehe mir heute ein, dass meine Fleischeslust und mein Sexualtrieb übermäßig waren und mich beherrschen. Wenn ich nur meine Oberschenkel zusammen presste, mich ein Mann im Gedränge einer Straßenbahn frottierte oder bei der Begrüßung mich an sich drückte, bekam ich einen Orgasmus. Ich war damals noch im gebärfähigen Alter und sehnte mich nach einer vollkommenen Familie. Aber wie einen Partner für meine Bedürfnisse finden? Ich suchte Tanzcafés auf, dort begegnete ich Männern, die mit mir ausschließlich schlafen wollten. Eine Freundin empfahl mir ein Bistro, in dem vor allem Afrikaner verkehren würden. Ich griff diesen Vorschlag auf. Die Männer dort waren ungewöhnlich liebenswürdig, unterhaltsam und fröhlich, sie hofierten mich und gaben sich aufgeschlossen. Schon nach der ersten Nacht wollten mich alle heiraten. Es ging ihnen nicht um mich, sondern um die Aufenthaltsgenehmigung für Deutschland. Auf meiner Arbeitsstelle empfahl mir ein Kollege aus Spaß, über das Internet mir einen Partner zu suchen. Ich öffnete die entsprechenden Seiten, twitterte und wurde enttäuscht. Meine Gesprächspartner fragten früher oder später ungeniert nach meiner Oberweite, nach meinen Dessous und sexuellen Vorlieben, waren ordinär oder pervers. Ich wollte diesen Weg bereits aufgeben, als ich auf einen Spanier stieß, er hieß Miguel und wohnte in Barcelona. Er war etwas älter als ich und betätigte sich als Geschäftsmann. Mit ihm zu twittern machte Spaß. Er hielt Distanz und präsentierte sich als unterhaltsam, vielseitig interessiert, feinfühlig und poetisch. Er textete von seinen alltäglichen Erlebnissen und beschrieb Menschen, Dinge und Begebenheiten auf eine Art, die für mich neuartig war und mich faszinierte. Da wurde aus Regen ein Silberfall, aus Licht die Himmelsglut, das Lied des Vogels Wonnesang, sprudelnd aus Lebenslust. Nach einem halben Jahr verabredeten wir ein Treffen. Ich flog nach Spanien und er enttäuschte mich nicht. Er zeigte sich großherzig, in finanzieller Hinsicht großzügig und war ein sexueller Nimmersatt wie ich. Was er auch tat, es war überlegt, planvoll und zielstrebig. Er lehrte mich mit seinen poetischen Augen Barcelona zu sehen und mit seinen geistvollen Interpretationen die Ästhetik dieser Stadt zu begreifen. In seiner Gegenwart verlor ich meine Entmutigung, war unbeschwert, redselig und vergnügt. Ich brachte ihn zum Lachen und ließ ihn unverhohlen meine Zuneigung erkennen. Mich überwältigte die unbekümmerte und blinde Leidenschaft eines jungen Mädchens, das in das weite Meer der Gefühle eintaucht, von der Strömung hinausgetragen wird, ohne zu erkennen, dass es verloren ist. Ich habe Miguel viermal in Barcelona besucht, es waren für mich wunderbare Zeiten. Wir planten unsere Zukunft und beschlossen, unsere Verlobung in Südamerika zu feiern. Wenige Stunden vor unserem Flug nach Lima teilte mir Miguel traurig und niedergeschlagen mit, dass er aus geschäftlichen Gründen in Barcelona bleiben müsse. Ich solle allein nach Lima fliegen, er werde mir in zwei Tagen folgen. Er tröstete mich liebevoll, ich akzeptierte die Situation. Er brachte mich zum Flughafen.

In Lima war für mich alles vorbereitet. Ein Taxi holte mich vom Airport ab, das Zimmer im Sheratonhotel war reserviert, eine Stadtbesichtigung und ein Landausflug mit persönlichem Reiseführer waren gebucht. Am dritten Aufenthaltstag erhielt ich eine E-Mail von Miguel. Er komme nicht nach Lima, ich solle nach Mexiko City fliegen. Für mich sei alles arrangiert, wir würden uns im Hotel Four Seasons treffen. Ich sagte mir, sei nicht egoistisch, so ist halt das Leben mit einem erfolgreichen Geschäftsmann. In Mexiko hatte ich ein abwechslungsreiches und luxuriöses Leben mit Ausflügen, Besichtigungen und Tanzabenden in lebensfroher Gesellschaft. Mir fehlte es an nichts, aber ich vermisste Miguel. In mir stieg Verärgerung auf. Miguel und ich telefonierten täglich, dabei stritten wir uns öfter, weil er immer wieder sein Kommen hinausschob. So zog sich das Ganze hin, etwa über zwölf Tage. Dann teilte er mir mit, er habe für mich einen Rückflug über Sao Paulo gebucht. Wie immer wurde alles für mich erledigt. Ich war als VIP deklariert und brauchte mich um nichts zu kümmern. Ich packte meine zwei Koffer, die dann vom Hoteldiener abgeholt und ohne mein Zutun ins Flugzeug verladen wurden. Da es von Sao Paulo keinen Direktflug nach Barcelona gab, flog ich mit der Swiss Air nach Zürich. Ich wartete dort im Transitbereich auf eine weitere Verbindung und erhielt von Miguel die Nachricht, dass ich nach Budapest fliegen solle. Dort erwarte er mich. Ich tat wie geheißen, gutgläubig, voller Sehnsucht nach ihm, wenn auch wütend. In Budapest schienen mir bei der Gepäckaufnahme meine Koffer sehr schwer zu sein. Ich beachtete diesen Umstand nicht weiter. Ich ging unbeanstandet durch den Zoll und wollte gerade in ein Taxi einsteigen, als zwei Beamte in Uniform mich daran hinderten. Sie sprachen ungarisch und ich verstand sie nicht. Sie führten mich in einen Seitenraum des Airports und forderten mich mit Gesten auf, die Koffer zu öffnen. In jedem Koffer befanden sich zehn Plastikpäckchen, die mit einem weißen Pulver gefüllt waren. Ich wurde über Stunden verhört, ohne richtig zu verstehen, worum es ging. Ich musste Papiere unterschreiben, ohne zu wissen, was ich unterschrieb. Dann erschien ein Beamter, der Englisch sprach. Ich fragte, was in den Päckchen enthalten sei. Er antwortete, gute Frau, sie haben versucht, Kokain einzuschmuggeln. Ich konnte es nicht fassen, obwohl diese Tatsache nicht widerlegbar war. Mir war sofort klar, was das für mich bedeutet. Ich schilderte dem Beamten mein Verhältnis zu Miguel und die Umstände meiner Reise. Man nahm es zur Kenntnis. Auf dem Polizeipräsidium weigerte ich mich, weiterhin auszusagen. Ich erklärte, dass ich nach den Stunden des Fluges und der Befragung mich nicht gut fühle und bei normalen Verstand sein möchte, wenn ich verhört werde. Man verfrachtete mich in ein Gefängnis. Am nächsten Tag wurde ich einer Richterin vorgeführt. Das deutsche Konsulat hatte einen Anwalt beauftragt, mich zu verteidigen. Vor der richterlichen Anhörung sprachen wir eine halbe Stunde miteinander. Ich erzählte ihm meine Geschichte. Er wies mich darauf hin, wenn ich bei meiner Version bliebe, würde ich wohl zwanzig Jahre lang sitzen. Ich konnte mich nicht schuldig bekennen. Nach einem Jahr fand die Gerichtsverhandlung statt. Ich saß mit Handschellen auf der Anklagebank. Ich schwor bei Gott und dem Leben meines Kindes, dass ich unschuldig sei und nicht wüsste, wo und wie das Kokain in meine Koffer gekommen sei. Das Gericht glaubte mir nicht. Ansonsten habe ich nur wenig von meinem Prozess mitbekommen. Nur soviel, dass ein Miguel in Barcelona nicht existent sei. Interpol hätte mich bereits in

Südamerika beobachtet und gehofft, über mich an die Hauptakteure des Drogenkartells zu kommen. Ich hätte etwa zehn Kilogramm reinen Kokains nach Ungarn eingeführt. Dafür erhielt ich eine Freiheitsstrafe von acht Jahren und fünf Monaten.

Im Gefängnis ging es mir schlecht. Wir wurden von Soldaten bewacht. Sie schrien herum und gaben Befehle, die ich nicht verstand. Meine Zelle war mit neunzehn weiteren Frauen belegt, vorwiegend Zigeunerinnen. Sie beschimpften mich als Nazischwein, schlugen mich, bespuckten mich, nahmen mir meine Habe und das Essen fort. Wenn ich Alarm drückte, eilten zwar die Soldaten herbei. Aber alles schrie durcheinander und selbst, als ich ungarisch gelernt hatte, tat man, als verstehe man mich nicht. Ich magerte ab, bekam Asthmaanfälle, Herzprobleme und Hautausschläge. Bevor meine Beschwerden bearbeitet wurden, verlegte man mich in ein anderes Gefängnis, das geschah insgesamt neunmal. Nach sieben Jahren wurde ich auf meinen Antrag hin nach Deutschland abgeschoben und wurde hier sehr bald auf Bewährung bedingt entlassen.
Ungarn geht mir noch heute nach. Ich habe nachts Albträume. Im Traum sehe ich Soldaten, springe aus dem Bett und stehe stramm. Wie bei den Strangulations- und Würgevorfällen im Gefängnis erfasst mich Panik, ich will fortlaufen, aber meine Beine versagen mir ihre Dienste. Meine Beziehung zu Männern ist gestört, ich weiche ihnen aus, weil ich fürchte, sie betatschen und begrabschen mich wie die Soldaten. Das Schlimmste aber ist, dass Miguel mich zum seelischen Krüppel gemacht hat. In der Unvollkommenheit meines Exmannes glaubte ich, mein Egoismus spiegele sich darin wider. Ich wollte nach ihm nur noch selbstlos Liebe geben. Miguel hat meine bedingungslose Hingabe, aber auch mein unstillbares Verlangen und meine emotionalen Bedürfnisse verstanden und erfüllt. Und doch bin ich

von ihm verraten worden, wie du von Ananda. Er hat nach meiner Verhaftung nie wieder von sich hören lassen. So blieb ich zurück, verlassen und einsam. Und in Trauer um eine Liebe, die wunderbar war und sich doch nicht erfüllt hat. Miguel hat mich missbraucht. Er hat meine Seele geraubt und meinen Glauben an das Gute zerstört."

Nach diesen letzten gefühlsgetragenen Worten schwiegen Gabriele und Ajith. Es war bereits dunkel geworden. Sie schauten auf das Meer, in dem aufblitzend das Licht des Mondes von den Wellen zurückgeworfen wurde. Sie standen auf und gingen, ohne sich abzusprechen, schweigend in das nächstgelegene Strandrestaurant. Sie setzten sich an einen Tisch mit Blick auf die Dünen, orderten eine Flasche Wein und dann noch eine, sprachen nicht und hingen ihren Gedanken nach. Zu später Stunde beugte sich Ajith über den Tisch und bekannte mit schwerer Zunge:

"Du allein sollst es wissen. Ich bin verheiratet, deshalb hat mich Anandas Mutter als Schwiegersohn abgelehnt. Ich habe Ananda bedrängt, ich habe sie bedroht, ich habe sie mit Gewalt entführt, sie geschlagen und sie gegen ihren Willen entehrt. Ich wollte und musste sie besitzen, habe von ihr gefordert, schwöre, dass du mich wirklich liebst. Tat sie es nicht, hämmerte ich mit Fäusten auf sie ein. Bekenne und zeige, dass ich der Mann deines Lebens bin. Tat sie es nicht, peinigte ich sie körperlich und missbrauchte sie. Ich habe sie, ihre Abwehr missachtend, mit Wut genommen und danach ihre Tränen mit Zärtlichkeit gestillt. Nach drei Tagen war sie mir hörig und ich ihr Idol. Darauf habe ich mich verlassen. Es war ein Irrtum. Sie hat mich nie geliebt und sich vor Gericht gegen mich behauptet. Ihre Entführungsgeschichte ist wahr. Dennoch bin ich vom Gericht freigesprochen worden. Sie hat durch mich nicht nur ihre Ehre verloren, ich habe sie auch noch vor aller Welt zur Lügnerin abgestempelt."

Ajith schaute Gabriele mit großen Augen prüfend an. Gabriele

trank mit einem Zug ihr Glas leer, lehnte sich zurück und lallte.
"Die Wahrheit ist, dass ich von den Geschäften Miguels gewusst habe. Er gehört zur internationalen Drogenmafia. Die Kurierfahrt war mit mir abgesprochen. Ich habe es für ihn getan, weil er meine sexuelle Unersättlichkeit kultiviert zu stillen wusste. Ich bin ihm noch heute hörig. Vor Gericht habe ich seinen wirklichen Namen nicht Preis gegeben. Ich habe alles für ihn getan und trotzdem hat er mich verlassen. Das Geschäft ist geplatzt, ich bin ihm nicht mehr nützlich. Noch heute bin ich aus Liebe bereit, mich für ihn zu opfern, was immer er von mir fordert. Und nun, Ajith, erkläre mir, was an meiner und deiner Liebe gemeinsam ist."
Ajith seufzte.
"Wir haben beide geliebt, jeder auf seine Art."
Gabriele lachte überdreht: "Nein Ajtith. Hier und jetzt haben wir die Stunde der Wahrheit, das Ende aller Lustbarkeit und der Lebenslügen ist gekommen. Öffnen wir die Augen, stellen wir uns der Wahrheit. Wir haben uns selbst belogen, uns eine Scheinwelt selbstloser Liebe vorgegaukelt, die es nicht gibt, und halten an dieser Selbsttäuschung noch heute fest. Das sind wir."
Sie erhob sich, ergriff das Weinglas von Ajith, leerte es mit schwungvoller Geste über ihn aus und schwankte aus dem Restaurant.
Gabriele und Ajith sahen sich nie wieder.

Das Kind

P.L. war Richter beim Landgericht und näherte sich der Lebensmitte. Er trat nüchtern und sachlich auf, argumentierte stets durchdacht mit wenig Emotion. Er war ledig und wurde deshalb von Kollegen gern auf den Arm genommen. Insgeheim träumte er von dem Einen, dem Erwählten mit den geliebten Wesenszügen und den zündenden, äußeren Reizen. In seinem inneren Auge sah er die ersehnte Gestalt, fieberte sie herbei und fürchtete sie. Er verschwieg und verbarg seine erotischen Fantasien und näherte sich dem Schattenriss seiner Wünsche nur von Ferne, denn er wusste, dass seine Neigungen gesellschaftlich unausgesprochen verfemt sind und er einem Glücksbild anhängt, das beruflich wenig förderlich ist. So durchlebte er einsam glückliche Liebesträume, die in der Realität von ihm erstickt wurden, sich im stillen Kämmerlein aber nicht abweisen ließen. Sie wurden trotz innerer Abwehr eines Tages Fleisch in Gestalt eines zehn Jahre jüngeren Mannes, dem er in einem Cafe gegenüber saß. Er war der Schlüssel, der ihm das verbotene Liebeszimmer öffnete. Wie von Zauberhand fanden sich ihre Augen und sie wurden wehrlose Opfer ihrer geheimen Wünsche. Sie verabredeten sich, trafen sich und liebten sich. Ihre Liebe erschöpfte sich nicht im sinnlichen Genuss, sie förderte durchaus ihre psychische Reifung auf dem Boden von Vertrautheit, akzeptierter Verschiedenheit, Freundschaft und Treue. Der Eine vertrat Kraft, Strenge und Vernunft, der Andere Zartheit, Anmut und Gefühl. Richteramt und Künstlertum ergänzten sich harmonisch. Beide waren sich einig, dass ihre Liebesgemeinschaft nicht enden sollte mit dem Alter oder dem einseitigen Tod, nein, sie sollte wie Sonne und Mond Ewigkeitscharakter haben. Sie ließen sich trauen und den Segen Gottes geben, bezogen eine gemeinsame Wohnung, wandelten im Garten des Glücks und brachen Rosen. Und befürchteten im Stillen, dass es so nicht bleiben werde. Einander genug zu sein, erschien ihnen nicht vollkommen. In Widerspiegelung anderer Paare wurden sie ihrer Armut und Lebensschwäche ansichtig, ausgeschlossen vom Lebenskreis des Werdens und Vergehens, der Utopie des Fortbestehens, des überpersönlichen Lebenssinns, gefesselt an die Lustbarkeiten des Diesseits. Um der bedrückenden Heimlichkeit zu entgehen, verloren sie Maß und Einklang, demonstrierten in aller Öffentlichkeit Sexualität und merkten selbst, dass solche Liebe ein schnell erlöschendes Licht ist. Sie begannen zu diskutieren, ob die Annahme eines Kindes der Ausweg ihres Dilemmas sein könnte. Der Gedanke, ein Kind zu adoptieren, stürzte sie in die Ambivalenz von Hoffnung ohne Angst und gebar zugleich die Angst, ihre Hoffnungsvision könnte scheitern. Beide sahen sich als biologische Opfer an und konnten sich damit nicht abfinden. Es erschien ihnen unmenschlich und grausam, darauf verzichten zu sollen, was anderen von der Natur geschenkt wird. Vom geheimen Neid zerfressen, dass andere haben, wozu sie nicht befähigt sind, entschlossen sie sich letztendlich, sich ein Kind zu schenken. Für den Richter war es nur eine Frage der Zeit, bis der Gesetzgeber unter dem Wertekodex von Gerechtigkeit, Gleichheit und Humanität alle Formen der Reproduktion von Menschen zulassen, das Recht auf ein Kind festschreiben und deshalb menschliche Reproduktionsinstitute einrichten würde. Er kannte die gegenwärtigen Möglichkeiten des Erwerbs eines Kindes über die Reproduktionsmedizin. Man musste die Eizelle einer Frau kaufen, sie mit dem eigenen Samen befruchten und sie in die Gebärmutter einer anderen Frau, einer sogenannten Leihmutter, einpflanzen lassen. Das Angebot von Eizellen ist groß. Richter und Künstler wählten in Katalogen aus einer Vielzahl von Spenderinnen nach Alter, Gesundheit, Größe, Haarfarbe, Aussehen und Intelligenzquotient die Geeignetste aus und pachteten für zehn Monate den Bauch einer rumänischen jungen Bauersfrau. Um nicht entscheiden zu müssen, wer der biologische Vater des Kindes sein soll, drehten sie das Glücksrad. Richter und Künstler mischten ihr Ejakulat, sodass sich beide als Erzeuger des Kindes vermuten durften. Der Kindeskauf war noch illegal und sehr teuer, aber erfolgreich. Nach zehn Monaten wurde dem Paar das bestellte Kind ausgehändigt. Es war ein Junge, die rumänische Leihmutter hatte im Einvernehmen mit ihren Kunden dem Kind den Namen Winfried eintragen lassen und war vor Gericht bereit, es zur Adoption frei zu geben.

Jeder Zauber entzaubert sich schnell. Der Künstler wurde Hausmann und versorgte das Kind, der Richter sicherte das materielle Wohlergehen der Familie. Winfried war ein problematisches Kind. Als Säugling nervte er mit untröstlichem Schreien. Er nässte über die Zeit ein und entwickelte sich motorisch und sprachlich verzögert. Im Kindergarten war er Einzelgänger. Er zog sich zurück, spielte für sich allein, schlug, kratzte und biss andere Kinder grundlos. Dabei unterzogen sein Eltern ihn einer strengen Zucht, verhaltenstherapeutisch ausgerichtet mit Lob für erwünschtes Verhalten und negativen Konsequenzen für unerwünschtes Verhalten. Die Eltern ließen sich von einer Kinderpsychologin beraten. Die gab nach ausgiebigen Gesprächen und Tests zu verstehen, dass zwischen Winfried und keinem seiner primären Bezugspersonen eine symbiotische Beziehung bestehe, die für eine gesunde Reifung und Entwicklung eines Kindes Voraussetzung sei. Beide Männer lebten wohl mehr für die eigenen als für die Bedürfnisse des Kindes. Dem Kind mangele es an mütterlich-weiblichen

Liebesüberfluss und zwischenmenschlichem Einssein. Winfried festigte nicht, sondern entzweite ihre Partnerschaft. Richter und Künstler warfen sich gegenseitig erzieherisches Fehlverhalten, unzureichende Fürsorge und mangelnde emotionale Wärme vor. Nach der Phase wechselseitiger, emotional aufgeladener Schuldzuweisung verdrängten sie die Diagnose der Psychologin von fehlender selbstloser Liebe und erklärten sich die Fehlentwicklung von Winfried mit erblicher Veranlagung. Um den Schuldigen herauszufinden, ließen sie ihre DNA und ihren Samen analysieren und waren über das Untersuchungsergebnis schockiert. Keiner von ihnen war und konnte der biologische Vater von Winfried sein. Beide Männer seien mit an Sicherheit grenzender Wahrscheinlichkeit infertil. Weitere Nachforschungen nach dem biologischen Erzeuger blieben ergebnislos.Um zur eventuellen Alimentation nicht herangezogen zu werden, hatte der Spender des Samens seine Personalien nicht preisgegeben. Die Leihmutter machte geltend, Winfried sei weder menschlich noch juristisch ihr Kind und wurde mit dieser Auffassung gerichtlich bestätigt. So stand am Ende fest, dass Winfried zwar ein Mensch ‚aber wie in einer Phiole gezeugt, mithin ein biochemisches Produkt ohne menschlichen Herkunftsnachweis sei. Die Partner weigerten sich, das Kukuksei unter Berücksichtigung der eklatanten Mängel weiter aufzuziehen, machten die Adoption rückgängig und schoben Winfried in ein Waisenhaus ab. Dort fragte keiner nach Mutter und Vater, nach Herkunft und Schicksal.

Das Heim stand in der Trägerschaft einer Freikirche. Es beherbergte zwanzig Mädchen und Jungen, die von Nonnen betreut wurden. Das Leben im Heim war nach einem festen Tagesrhythmus geordnet. Die Zeiten von Leistung und Freisein, von Spiel und Pflicht, von Besinnung und Fröhlichkeit waren ausgewogen. Jedes Kind hatte ein eigenes Zimmer,

Gemeinschafts-und Individualanspruch wurden gleich gewichtet. Für Winfried war eine Bezugsschwester verantwortlich. Schwester Esther war eine dynamische, verständnisvolle und warmherzige Erzieherin von 36 Jahren. Zwischen ihr und Winfried entwickelte sich in kurzer Zeit eine gefühlsinnige Beziehung. Nach wenigen Monaten hatte Winfried alle Störsymptome abgelegt und trat als aufgeschlossener, kontaktfreudiger Junge in Erscheinung .Er wurde altersgerecht mit sechs Jahren eingeschult und erwies sich als intelligenter Schüler mit guten Leistungen. Er gewann Vertrauen und Ansehen bei seinen Mitschülern und wurde von ihnen zum Klassensprecher gewählt. Mit acht Jahren erkrankte Winfried an einem Infekt. Er bekam hohes Fieber. Schwester Esther umsorgte ihn. Eines abends setzte sie sich wie üblich auf seine Bettkante und flößte ihm Medizin ein. Sie wollte gerade von ihm gehen, da bat er: "Bleib bei mir!" Seine Augen waren geschlossen. Schwester Esther zögerte einen Augenblick, dann huschte sie zu ihm unter die Bettdecke und nahm ihn in ihre Arme. Winfried schmiegte sich an sie und fragte: „Bist du meine Mama?" Schwester Esther flüsterte ihm zu: "Ja, das will ich sein." Winfried schlief lächelnd ein. Er wusste nun nicht nur, was eine Mama ist, er hatte tatsächlich eine Mama. Beide ließen einander nicht los. Mehrmals in der Woche erschien spätabends Esther bei Winfried und legte sich zu ihm ins Bett. Manchmal schlief Winfried gleich ein, manchmal erzählte er ihr von seinen Tageserlebnissen, bis ihm die Augen zufielen. Die Heimleitung sah diese Beziehung mit Wohlwollen und mit Sorge. Die Heimordnung bestimmte, dass die Kinder mit 14 Jahren das Heim verlassen und in eine andere Einrichtung der Stiftung verlegt werden müssen. Winfried erfuhr von dieser Regelung sehr spät. Er wollte und konnte sich nicht vorstellen, dass er von Schwester Esther getrennt werden könnte. Der Heimleitung war sehr wohl bewusst, wie belastend ein

Beziehungsbruch für einen Vierzehnjährigen ist. Winfried erkundigte sich in dieser Zeit öfter, wer denn seine leiblichen Eltern seien. Schwester Esther brachte es nicht über sich, ihm offen von seiner Herkunft zu berichten. Auf seine Fragen reagierte sie mit Ausreden, vertröstete ihn auf eine bessere Gelegenheit oder lenkte auf ein anderes Thema ab. Winfried gab sich damit zufrieden, denn er vertraute ihr.

Am Tag, als Winfried das Internat vorgestellt wurde, in das er ziehen sollte, saß er vor dem Schreibtisch im Dienstzimmer der Heimleiterin. Seitlich hinter seinem Rücken hatte Schwester Esther Platz genommen. Die Leiterin, Schwester Theresa, fand lobende Worte für Winfried und pries das Internat an, in das Winfried verlegt werden sollte. Er werde dort schulisch intensiver gefördert, könne das Abitur ablegen, werde sicher neue Freunde gewinnen. Im Internat gebe es mehr Freiheiten, mehr Interessengruppen, mehr Außenkontakte. Sie wünsche ihm alles Gute für sein weiteres Leben und Gottes Segen. Winfried schwieg. Kein Wort kam über seine Lippen. Er drehte sich zu Schwester Esther um und blickte sie mit großen Augen fragend an. Die hockte gebückt auf ihrem Stuhl und verbarg ihr Gesicht in den Händen ihrer auf den Knien aufgestützten Arme. Sie weinte lautlos. Winfried rief leise, klagend und Hilfe heischend: "Mama, Mama!" Sie rührte sich nicht. Er wendete sich der Heimleiterin zu: "Ich möchte zu meinen Eltern." Schwester Theresa nahm die Personalakte des Jungen zur Hand. Sie blätterte Seite nach Seite um, las jedes Blatt, hob schließlich den Kopf und teilte mit traurigem Unterton dem Knaben mit: "Es lässt sich nicht feststellen, wer deine Eltern sind. Zwei Männer haben dich als Baby adoptiert, dann aber nach drei Jahren zu uns gegeben und sich anonymisieren lassen." Sie schob die Akte zu Winfried und wies auf ein Foto. "Es scheint mir, dass dieses Foto einen der Männer abbildet. Es ist wohl versehentlich in deine Akte geraten."

Winfried sog das abgebildete Gesicht das Mannes in sich auf. Dunkles Haar, hohe Stirn, stechende Augen, schmales Gesicht, abstehende Ohren, überlange Nase, schmale Lippen, hervorspringendes Kinn. Winfried richtete sich auf und verließ grußlos das Zimmer.

Bis zu seiner Verlegung ins Internat mied er Schwester Esther. Ohne Abschied von ihr zu nehmen, bezog er seine neue Unterkunft. Im Internat nahm er am Unterricht und allen obligatorischen Veranstaltungen teil. Er hielt sich verschlossen, abweisend und unzugänglich, mied soziale Kontakte und blieb einsilbig. Während seiner Freizeit lag er apathisch im Bett und starrte auf die Zimmerdecke. Es gärte in ihm. Er fühlte sich in dieser Welt ungewollt und verstoßen als unnützes, ungeliebtes Zufallsprodukt. Aus tiefer Gekränktheit und existentieller Not flüchtete er sich träumerisch in das Leitbild des Mannes, der sich mit Mut und Kraft beweist, gefährliche Situationen besteht und Bewunderung genießt. Dabei quälte ihn mehr zu leben als zu sterben. Der Tod im Kampf schwebte ihm als Erlösung vor. Selbst geschlagen, wurde er vom Bedürfnis getragen, seinerseits zu zerschlagen. Er brach oft in der Dunkelheit auf, zerkratzte Autos, zerlegte Bänke im Park, bewarf Straßenlaternen mit Steinen. Er spürte, dass in ihm etwas Dunkles, Dämonisches und Finsteres wohnte, konnte es aber nicht orten. Er empfand sich deshalb auch nicht als Ungeheuer, denn in ihm brannte zugleich ein unerfülltes Sehnen. Dann stiegen in ihm Erinnerungen auf, die er vergessen wollte. Er meinte, die Körperwärme von Schwester Esther real zu fühlen und ihre liebevolle Stimme zu hören. Es war wie Sphärenmusik aus einer fernen und vergangenen Welt, in die er sich verlor.

Eines Tages sah Winfried während einer Sportpause zufällig in einer ausliegenden Tageszeitung ein Foto, auf dem Bundesrichter bei der Verkündigung eines Urteils abgebildet waren. Einer der Richter glich dem Mann aus seiner Akte. Winfried ergriffen Unruhe und Gespanntheit. Es zog ihn magnetisch zum Gerichtshof. Dort konnte er ohne viel Mühe den Namen des Richters erkunden und erreichen, bei ihm vorgelassen zu werden. Er stellte sich diesem bekannten und wichtigen Mann unbeholfen vor.

„Ich bin Winfried K., ihr ehemaliger Adoptivsohn."

„Winfried K., das sagt mir nichts."

„Aber Sie haben mich doch mal adoptiert!"

„Junger Mann, was wollen Sie eigentlich von mir?"

„Ich dachte nur – vielleicht wissen Sie ,wer meine Mutter ist."

„Woher soll ich das wissen. Woher soll ich wissen, wer Sie sind. Ich kenne Sie nicht und habe mit Ihnen nichts zu tun."

„Aber in meiner Akte..."

„Nein, nein. Es gibt keine Akte. Da war mal was, aber das geht Sie nichts an. Meine Biografie ist sauber, das können Sie mir glauben. Ich muss das Gespräch auch beenden, in einer Stunde fährt mein Zug nach Straßburg.."

Der Richter stand auf und nickte dem Jungen zu. Winfried ließ sich verdattert von ihm zur Tür begleiten. Vor dem Gerichtsgebäude kam er zur Besinnung und begriff, was ihm wieder einmal widerfahren war. Er hatte die Verkörperung seines Unglücks gesehen, die Schlange, die sein Leben vergiftet. Ihn überschwemmte Hass. Er hatte nur den einen Gedanken: Er darf nicht leben, weil auch ich nicht leben kann. Es ist kein Unrecht, nur einer von uns hat Platz auf dieser Erde. Jeder wird verstehen, es ist mein Recht und ist Gerechtigkeit, weil er ein Nichts aus mir gemacht hat. Nur sein Tod wird mich zu menschlicher Ebenbürtigkeit erheben.

Es war für Winfried kein Problem, ausfindig zu machen, mit

welchem Zug sein Hassobjekt nach Straßburg fahren wollte. Winfried hielt sich auf dem Bahnsteig versteckt und erspähte kurz vor Ankunft des Zuges den Elenden. Das Gedränge auf dem Bahnsteig war groß. Er zwängte sich möglichst unauffällig in die Nähe des Richters und platzierte sich hinter dessen Rücken. Die Ankunft des ICE wurde angekündigt. Der Zug fuhr langsam in den Bahnhof ein. Winfried hatte für sein Vorhaben eine günstige Position. Er plante, dem Richter zur rechten Zeit einen Stoß so zu versetzen, dass er stolpernd auf die Gleise fallen und vom Zug überfahren werden würde. Der Zug rollte ein. 50 Meter, 30 Meter, 20 Meter, 10 Meter. Winfried schob sein linkes Bein vor die Füße des Richters und warf einen kurzen Blick nach rechts und links. Keiner beachtete ihn. Der Gehasste stand kurz vor der weißen Abstandslinie, gerade richtig. Winfried setzte zum Stoß an, da umarmte ihn jemand von hinten und eine ruhige und weiche Stimme raunte ihm zu. "Ich habe eine wundervolle Nachricht für uns!" Winfried drehte sich erschrocken um. Vor ihm stand Schwester Esther, etwas kleiner als er und strahlte. "Komm, gehen wir nach Hause. Mein Orden hat mir die Erlaubnis erteilt, dass wir in eine gemeinsame Wohnung ziehen. Ich bin schließlich deine Mama."

Zwei Tage später saßen Esther und Winfried am Frühstückstisch. Sie reichte ihm schweigend eine Zeitung und deutete auf eine fettgedruckte Schlagzeile: Bundesrichter P.L. bei Verkehrsunfall in Straßburg tödlich verunglückt.

Im Todesspiegel

Sie waren um 20 Uhr 30 von Frankfurt/Main gestartet und befanden sich nach über sieben Stunden gerade über dem Himalaja. Der Flug war bisher ohne Besonderheiten verlaufen, ruhig und ohne Turbulenzen. Nach dem Abendessen hatten die meisten Fluggäste ihre Rückenlehnen in Schräglage gebracht, um eine möglichst bequeme Schlafposition zu finden. Man saß dicht gedrängt nebeneinander, beengt, Körper nah mit wenig Beinfreiheit, fast eingeklemmt. Die Stewardessen hatten Kopfkissen und Wolldecken verteilt und die Nachtbeleuchtung eingeschaltet. Der Passagierraum war in ein sanftes Dunkel gehüllt, die Motoren surrten unaufdringlich. Ab und an war ein Hüsteln, Geflüster oder ein Schnarcher zu hören. Die meisten Passagiere dösten im Halbschlaf vor sich hin, nur wenige waren in einen erholsamen Tiefschlaf eingetaucht. Das Flugzeug war von einer Reisegesellschaft gechartert worden. Ziel war Peking, von dort sollte eine dreiwöchige Sight-Seeing-Tour durch China starten. Die freudige Erwartungsspannung der Touristen hatte mit dem Einbruch der Nacht nachgelassen und schwoll wieder an, als gegen sechs Uhr die Raumbeleuchtung eingeschaltet wurde, das vorbereitende Geklappere für das Frühstück vernehmbar war und Passagiere die Fensterblenden hochschoben. Grelles Sonnenlicht durchflutete die Kabine, der Blick nach draußen löste staunende und bewundernde Rufe der Reisenden aus. Unter ihnen zog eine schneebedeckte Gebirgslandschaft vorbei. Die Berge schienen greifbar nahe, die Tiefe der Schluchten schien unendlich. Die Rundung der Erde war umsäumt von einem unwirklichen Blau. Die bisherige Ruhe in der Kabine wich einem aufgeregten

Sprachgewirr, beschwingte Aufbruchstimmung machte sich breit. Aus den Lautsprechern tönte es laut und deutlich: „Meine Damen und Herren, hier spricht ihr Kapitän.

Nach langer Beratung mit unserer Leitstelle muss ich Ihnen schweren Herzens mitteilen, dass die Elektronik unseres Flugzeugs ausgefallen ist. Wir haben die Kontrolle über das Flugzeug verloren.

Unsere bisherigen Bemühungen, den technischen Fehler zu beheben, waren vergeblich. Gelingt uns das nicht in den nächsten sieben Minuten, dann werden wir an einem Berg zerschellen. Bewahren Sie Ruhe und ordnen Sie in der verbleibenden Zeit Ihr Leben. Gott sei mit uns."

Nach dieser Ankündigung wurde es im Flugzeug für wenige Sekunden totenstill. Dann brach in den ersten zwei Reihen wildes Gelächter aus. Vier junge und offenbar noch angetrunkene Männer, Mitglieder eines Abenteurerclubs, konnten nicht an sich halten: "Ein Witz, gar nicht so schlecht von diesem Spaßvogel. Der verdient einen Orden." "He, hört mal. Sitzen zwei Kannibalen dort unten im Gebirge. Fliegt ein Jumbo über sie. Fragt der eine: was ist das. Sagt der andere: Das Essen in der Dose. "Großes Gelächter. Sein Kumpan übertrumpfte ihn: "Nee, geht anders. Der Kannibale sitzt im Jumbo. Kommt die Stewardess und fragt, was möchten sie. Er: Eine Flasche Wasser und dann die Liste mit den Namen der jungen, leckeren Damen." Gelächter.

Im Tohuwabohu des Übermuts entging den Witzbolden, dass eine Frau sich kreischend Zugang zum Cockpit verschaffen wollte. Ein Steward stellte sich ihr in den Weg. Sie schlug mit beiden Fäusten ungezielt auf den Steward ein und schrie mit sich überschlagender Stimme: "Nein, nein, ich will nicht sterben. Ich habe zwei Kinder. Sie warten auf mich. Das dürft ihr nicht.."Der Kapitän trat aus der Pilotenkanzel. Er drückte den Steward beiseite, umfasste die Frau und hielt sie fest. Sie bat flehend und beschwörend: "Bitte, tun Sie etwas, versuchen Sie es, ich habe doch zwei Kinder, sie brauchen mich.." Er mit leiser, eindringlicher Stimme: "Finden Sie zu sich und gehen Sie auf Ihren Platz. Ich werde alles versuchen, um das Schlimmste zu verhindern. Gehen Sie, bitte. Nutzen Sie die Zeit, schreiben Sie Ihren Kindern von Ihrer Liebe zu ihnen, damit sie lebenslang wissen, dass Sie bis zu Ihrer letzten Sekunde bei ihnen waren und Sie sie weiter beschützen werden. " Er schob die Verzweifelte sanft von sich zum Ehemann, der seiner Frau stumm gefolgt war.

Das Lachen der Viergergruppe brach ab, als sich die dramatische Szene vor ihren Augen abspielte. Leicht alkoholisiert lösten sie sich schnell aus ihrer Erstarrung. Zwei der jungen Männer orderten von der nahestehenden Flugbegleiterin Wodka. Als sie trotz wiederholter Aufforderung von der wie gelähmten Stewardesse nicht bedient wurden, entnahmen sie dem Getränkewagen zwei Flaschen Schnaps und entleerten sie auf ex. Ihre Freunde griffen ebenfalls zu und plünderten den vorhandenen Bestand an hochprozentigen Alkoholika. Im Sturztrunk erreichten alle schnell die angestrebte Euphorisierung, affektive Enthemmung und Denkbeeinträchtigung. Sie plärrten sprachgestört und schnapsselig: Wir kommen alle, alle in den Himmel, weil wir so brav sind. Ihr verhöhnendes Gelächter blieb auf die sie umgebenden Passagiere wirkungslos, sie selbst fühlten sich ergötzt auf dem spaßigen Ritt in die Hölle.

Im hinteren Teil des Flugzeugs saß ein älteres Ehepaar.

Sie fragte:"Glaubst du, dass wir abstürzen?"

„Ich glaube schon."

„Sei nicht so pessimistisch."

„Seine Worte waren wohl überlegt. Und sehr ernst. Das sagt ein Kapitän nicht einfach so daher. Wir sollten an unser Lebensende denken."

„Ich habe Angst vor dem Sterben und Furcht vor dem Tode. Es

kommt so überraschend."

Er küsste ihre Stirn."Ich habe auch Angst. Aber es tröstet mich, dass wir vereint sterben dürfen. Wenn ich früher an den Tod gedacht habe, habe ich mir den gemeinsamen Tod immer gewünscht. Wie im Märchen."

Sie lehnte sich an ihn. "Erinnerst du dich, als wir zum ersten Male spazieren gingen? Du warst so frech und hast uns keine Zeit gegeben. Dabei hatte ich mir das so romantisch vorgestellt. Und jetzt wird uns wieder kaum Zeit gegeben."

„Ja, es war ein Liebesorkan, eine Naturgewalt, wild und ungezügelt. Aber du hast mich in den Jahren gezähmt. Aus dem Wildwasser ist ein beschaulicher und geruhsamer Fluss geworden. So soll es bis zum Ende bleiben."

„So nennst du deine Ungeduld? Deine Neigung zum Extrem? Ist dir bewusst, was ich während der Schwangerschaft durchgemacht habe? Du hast mich behandelt wie eine Todkranke und mich erhöht wie eine Heilige. Schatz, du bist wie eh und je ungestüm und sehr schnell verstiegen. Du bist wunderbar. Auch jetzt."

„Du erinnerst mich an die glücklichsten Tage und Stunden meines Lebens. Ich meine unseres Lebens. Wir haben uns über unsere erste Wohnung, das erste Auto, über unser Haus und andere Erfolge gefreut, aber noch heute ist Otto mein Stolz, Caroline mein Glück und du bist meine immerwährende Liebe. Es ist eine kleine, gelungene Welt, in der ich zu Dir und meiner Erfüllung gefunden habe."

„Weißt du, ich war mein ganzes Leben über voller Wünsche und Begehren. Und Unzufriedenheit.

Als meine Familie nach Kriegsende nach Russland verschleppt wurde, da sehnte ich mich nach Deutschland. Tag für Tag. Es war eine Fata Morgana, die Sinne betörend und unwirklich. Ich erlag Träumen, mit denen mein Geist sich seine eigene Wirklichkeit erfand. Doch dann trat das Wunder ein. Wir durften ausreisen. Und fortan reihte sich ein Wunder an das nächste. Kaum in Deutschland, fand ich mich in deinen Armen wieder. Als Geliebte genoss ich die Freuden des Fleisches, als Mutter das Reifen der Kinder. Als Ehefrau erfreuten mich unsere Erfolge und beglückte mich unser Zusammenwachsen. Ich kann sagen, meine Hoffnungsbilder an das Leben haben sich erfüllt. Schaue ich zurück, war ich oft sehr glücklich, noch öfter zufrieden und immer dankbar. Ja, unser Leben war ein realer Traum und sein Inhalt war die Liebe. Erst jetzt habe ich das Leben verstanden. Liebe vollendet sich in der Partnerschaft als Treue und ist doch viel mehr. Sie ist Ursprung und Grund allen Lebens. Ich weiß, dass du mich liebst. Ich danke Dir, dass Du mich die ganzen Jahre ertragen hast. Ist es nicht merkwürdig, dass ich die Lehren und Erfahrungen unseres Lebens in diesem Augenblick erst begreife? Mir ist, als ob eine geheime Macht mich sanft und gütig die Wahrheit sehen lässt und uns erwartet. Liebe ist gemeinsames Sterben"

Er zog sie ganz fest an sich.
„Ich habe seit Jahren über Anfang und Ende des Lebens nachgedacht. Nun habe ich zur Gewissheit gefunden, dass unser Sein aus einer Urkraft erwächst, einer lebendigen Kraft, aus der alles entsteht und entstanden ist. Sein ist Liebe, Sein ist Gott und wir sind darin aufgehoben. Unser Leben ist eine Dimension des Seins, das mit unserem Tode nicht endet. Deshalb dürfen wir hoffen. Lass uns beten, dass unsere Kinder und Kindeskinder so gesegnet werden wie wir.."
Sie schmiegte sich an ihn und beide waren voller Trauer.

Wenige Reihen vor dem Ehepaar saßen eine Frau und ein Mann. Beide waren sich fremd und hatten

während des bisherigen Fluges noch kein Wort miteinander gesprochen. Sie saß leicht nach vorn gebeugt und hielt den Kopf gesenkt. Mit einem Ruck richtete sie sich auf und wendete sich ihrem Sitznachbarn zu. "Bitte, entschuldigen Sie meine Frage. Sind Sie vielleicht Pfarrer oder Pastor?"
„Nein, ich bin es nicht."
„Glauben Sie an Gott?"
„Ich bin ein sehr lauer Christ."
„Und glauben Sie an Vergebung der Sünden?"
„Doch ja, ich glaube, dass unsere Sünden vergeben werden. Aus Gnade. Wenn wir bereuen. Nicht wegen guter Werke. Nur aus Gnade."
„Ich möchte Ihnen offenen und ehrlichen Herzens meine Schuld beichten, damit ich vor Gott reinen Gewissens treten kann.."
„Ich kann und darf Ihnen die Beichte nicht abnehmen. Ich bin dazu nicht berufen. Ich bin lutherisch und würde mich versündigen."
„In unserer Situation dürfen Sie. Ich spreche zu Ihnen nicht als Mensch, ich spreche durch Sie zu Gott, der Sie zu mir geschickt hat. Bitte."
„Ich selbst habe noch nie gebeichtet, ich weiß nicht, wie ein solcher Vorgang abläuft."
„Auf das Formale kommt es nicht an. Es ist Nebensache. Bitte."
Ihre Augen flehten, er zögerte, dann forderte er sie kaum hörbar auf:"Sprechen Sie, Gott soll unser alleinige Zeuge sein."
Sie ergriff ohne Umschweife das Wort."Meine Mutter war krank, todkrank. Sie hatte Krebs. Ich pflegte sie. Ihr Zustand verschlechterte sich rasant. Sie litt an furchtbaren Schmerzen und wurde mit Opiaten behandelt. Die halfen anfangs, nach einiger Zeit nicht mehr. Ihre Zunge und Teile des Gesichts verfaulten, ihre Gesichtsknochen wurden sichtbar, wenn man den Verband entfernte. Meine Mutter wollte zu Hause sterben und bat immer

wieder um aktive Sterbehilfe. Dann wiederum hatte sie für kurze Zeit erträgliche Schmerzen. Ich fuhr dann mit ihr im Auto übers Land. Sie sah die wogenden Kornfelder, die blühenden Wiesen, die grasenden Kuhherden, die bestellten Äcker. Sie war eine Bauersfrau, ihr Herz weitete sich bei diesem Anblick, denn sie wiederholte immer wieder, sieh nur, wie schön unsere Erde ist. Dass ich das noch erleben darf. An einem Nachmittag wurde sie von unerträglichen Schmerzen heimgesucht. Die Medikamente halfen nicht, sie schrie Stunde um Stunde. Sie sah mich beschwörend an, sagte kein Wort, aber ich wusste, worum sie mich bat. Ich ertrug ihre Qualen nicht und verabreichte ihr vor Mitternacht alle Schmerzmittel, die vorhanden waren. Sie verstarb daran. Tage nach der Beerdigung träumte ich und danach immer wieder, dass eine weiße und eine schwarze Gestalt vor mich treten und mich fragen, was hast du getan, wo ist sie. Sie gehen mit mir in den Garten und wir suchen zu Dritt das Grab meiner Mutter. Ich weiß, wo sie begraben liegt. Wenn wir uns dieser Stelle nähern, überfällt mich die Angst, als Muttermörderin entlarvt zu werden. Ich wache Schweiß gebadet auf, nehme mir vor, mich zu meiner Tat zu bekennen und hatte bisher noch nicht den Mut dazu. Allmächtiger Gott, vergib mir im Namen Jesu und sei meiner Seele gnädig."

Der Unbekannte hatte der Beichte aufmerksam und innerlich berührt zugehört. Er neigte sich seiner Nachbarin zu und sagte spontan aus innerer Überzeugung:"Im Namen Gottes, Dir ist vergeben, gehe hin in Frieden."

Der Fremde hatte das Bedürfnis, auch sich zu offenbaren. Er sprach mit gedämpfter Stimme :

„Vor einem Jahr haben meine Frau und ich China bereist. Es war für uns ein wunderbares Erlebnis, ein Höhepunkt unseres gemeinsamen Lebens. Meine Frau ist vor kurzer Zeit verstorben. Ich wollte noch einmal die Orte sehen, an denen wir glücklich waren. Nun ist es unverhofft meine letzte Reise, aber ich bin mir sicher, es ist die Reise zu ihr. Ich werde sehr bald mit ihr wieder vereint sein und Sie mit Ihrer Mutter.."

In einer der mittleren Reihen verkrampfte sich eine pummelige junge Frau mit pausbäckigem Gesicht, unschuldigen, kindlichen Augen und verführerischen offenen Dekolletee. Sie war mehr Mädchen als Frau und leicht zu erkennen als schwärmerische Knospe, ahnungslos vom Leben, besetzt von unerfüllten Träumen und Wünschen. Sie schluchzte."Warum sterben, warum. Ich habe nichts Böses getan."Sie begleitete den Generalvertreter eines deutschen Konzerns, der sie überredet hatte, mit ihm die große, weite Welt kennenzulernen. Sie hatte dem Angebot nicht widerstehen können und war bereit, mit ihrem Körper zu zahlen. Schon während ihres Schlafes hatte er sie lüstern und brünstig-erregt betrachtet. In ihrer gegenwärtigen Hilf-und Ratlosigkeit strahlte sie für ihn einen kindlich-sinnlichen, unwiderstehlichen Reiz selbst nach der Ankündigung des nahen Todes aus. Sexuell gierig und fresswütig zog er sie an sich, flüsterte ihr beruhigende Worte ins Ohr und löste ihren Sicherheitsgurt. Er hob sie auf seinen Schoß, streifte ihren Rock in die Höhe und zog ihre Strumpfhose und ihren Schlüpfer mit wenigen geübten und geschickten Griffen auf Kniehöhe herab. Er öffnete seinen Hosenschlitz und drang in sie. Beide hielten sich umschlungen, achteten nicht auf ihre Umgebung und wurden auch nicht beachtet. Sie verschwendete keinen Gedanken mehr an das nahende Ende. Die Lust war stärker als die Todesangst. Beide züngelten hitzig in ihre geöffneten Münder, keuchten und stöhnten bei ihrem letzten schauerlichen Exzess und genossen selbstvergessen die besondere Süße des Schicksals geladenen Augenblicks.

In der sechsten Reihe erhob sich eine Dame von jünglingshafter Figur, Anfang der sechziger Jahre, die einen fünfundzwanzig Jahre jüngeren Galan bei sich hatte. Ihre Augenbrauen waren abrasiert und mit breiten schwarzen Strichen imitiert. Die Wimpern waren künstlich verlängert, die Augenbrauen übermäßig schattiert. Die Lippen strahlten aufdringlich grellrot, die Augen schauten gelangweilt in die Welt. Sie war von Beruf Opernsängerin, hatte in ihrem Leben viele Zurückweisungen ertragen müssen und nie das Ziel erreicht, wenn nicht berühmt, so doch bekannt zu sein. Sie musste sich mit kleinen Rollen auf unbedeutenden Bühnen begnügen und kompensierte ihre Bedeutungslosigkeit, indem sie sich bei jeder Gelegenheit, die sich dafür anbot, zur großen Diva stilisierte. Im zwischenmenschlichen Umgang war sie gehemmt und fühlte sich erst sicher, wenn sie sich wie auf der Bühne mit gelernten Texten in Szene setzen oder mit einstudiertem Rollenverhalten brillieren konnte. Sie war nicht zu einer eigenen inneren Größe gereift und verharrte in einer ihrem Alter nicht angemessenen Ungeistigkeit. Erst in der Identifizierung mit gespielten Personen erlebte sie so etwas wie Selbstwert. Dann lachte oder weinte sie, war stark oder schwach, gut oder böse, raffiniert oder töricht, ohne es eigentlich zu sein. Als sie die Verwirrtheit der Menschen im Flugzeug wahrnahm, nutzte sie im guten Glauben ‚dass Kunst eine Antwort auf letzte Fragen habe, die Gelegenheit, dem unausweichlichen Schicksal künstlerischen Ausdruck zu geben. Sie verwechselte wie so oft Ernst und Spiel des Lebens, Schein und Sein. Sie schob sich an den Mitreisenden vorbei in den Mittelgang und sang mit hingebungsvollem Sentiment aus „Lucia di Lammermoor" die Ahnungsarie der später um den Verstand Gebrachten:

In tiefem Schweigen lag die Nacht,
umhüllte Berg`und Haine!

Und traurig rieselte der Bach
Beim matten Mondenscheine.
Da hebt ein leiser Klageton
Bang durch die Lüfte hin;
Und aus des Baches Wellen sah ich
Den bleichen Schatten ziehn.

Von Gefühlen überwältigt, schrillte im Diskant ihre Stimme und sie brach den Gesang ab. Ihr war auch nicht zugehört worden. Man beachtete sie weder mit Ovationen noch mit Buhrufen. Sie stolperte kreidebleich zu ihrem Platz. Es war ein verpatzter Auftritt. Nur ihr Galan himmelte sie nach ihrer Rückkehr an: "Himmlisch, wie himmlisch. Du bist eine wahre Göttin."Sie wusste, dass er lügt und war wie immer enttäuscht und verbittert über Unverständnis und Ungerechtigkeit in der Welt.

Während die Sängerin sich in sich verkroch, registrierte sie nicht, wie unweit von ihr ein Mann mit fanatischem Gesichtsausdruck und wässrigen Augen mit pathetischer Gestik in den Raum brüllte: "Die Zeit der apokalyptischen Reiter ist angebrochen. Sie beherrschen Land und Meer. Die sieben Siegel sind geöffnet. Der Unglaube der Menschen wird bestraft. Macht euch bereit. Der Erde ist der Friede genommen. Die Menschen schlachten sich gegenseitig ab in Kriegen. Krankheit und Hunger grassieren auf der Erde. Die Menschen verlieren sich in Unzucht und Gier. Begreift, der Satan hat alle Macht übernommen. Hört, was die Offenbarung des Johannes sagt. Die Stunde des Gerichts ist gekommen. Der Himmel wird aufgetan. Der Verheißene kommt, er nennt sich Treu und Wahrhaftigkeit. Er richtet und streitet mit Gerechtigkeit. Tut Buße, bekennt eure Sünden, kehrt um.
Nehmt das Wasser des Lebens, befreit euch in letzter Minute. Wer böse ist, sei weiterhin böse. Wer aber fromm ist und sich bekennt,

soll Teil sein vom Holz des Lebens."
Auch seine Worte gingen unter und verhallten wirkungslos. Er verstummte, blieb steif stehen und hielt eine Bibel hoch in seiner rechten Hand. Er blickte verständnislos um sich. Keiner nahm von ihm Notiz. Seine Botschaft erreichte nicht die Angesprochenen.

Neben einer mit Schmuck behangenen Dame mit angstvoll aufgerissenen Augen und bebendem Körper war eine Frau mit lebhaften grünen Augen platziert. Sie sprach mit slawischem Akzent und gehörte einer Diebesbande an, die sich im Flugzeug verteilt hatte und darauf spezialisiert war, wohlhabende Touristen zu bestehlen. Die Diebin war von klein an selbst Opfer von Betrug und Ausbeutung gewesen, ihr Menschenbild war von Selbstsüchtigkeit und Hinterhältigkeit geprägt worden. Sie rechtfertigte ihr eigenes Tun mit diesen Erfahrungen. Während des Fluges hatte sie den Wert des Schmucks ihrer Platznachbarin taxiert und hielt den Augenblick für günstig, sich zu bereichern. Sie neigte sich ein wenig und fragte einfühlsam und weich:"Sie haben Angst?"
Die Angesprochene nickte bejahend."Sie brauchen keine Angst zu haben. Vertrauen Sie mir."Nach einer kurzen Weile:"Mein Name ist Petrowski. Dr. Petrowski. Sie brauchen sich nicht zu fürchten. Ich verrate Ihnen etwas, es muss unter uns bleiben. Kein Mensch darf davon etwas erfahren, hören Sie, kein Mensch." Dr. Petrowski blickte ihr Opfer prüfend und treuherzig an. Dann fuhr sie fort:"Ich kann Sie beruhigen. Wir stürzen nicht ab. Alles ist ein psychologisches Experiment. Ich leite dieses Experiment. Wir wollen herausfinden, wie sich Menschen verhalten, wenn ihnen gesagt wird, dass sie in wenigen Minuten sterben müssen. Aber wie gesagt, kein Wort zu den anderen, sonst scheitert unser Experiment. Nicht wahr, jetzt sind Sie beruhigt!" Die Angesprochene lehnte sich tief aufatmend in den Sitz zurück und schloss die Augen. "Ich finde es nicht richtig, Menschen in

Todesangst zu versetzen. Irgendwo sollten doch auch der Wissenschaft Grenzen gesetzt werden."Die Diebin küsste die rechte Hand ihres Opfers und streifte dabei unverhohlen einen fünfkarätigen Brillantring von deren Ringfinger ab."Nur wenige Menschen sind so tapfer wie Sie. Ich habe Sie aus Todesnot befreit, ich nehme dafür den Ring. Ich werde damit Gutes tun und Armen helfen. Ich denke, Sie sind doch damit einverstanden."Die Bestohlene bestätigte."Nehmen Sie, ich will nur noch schlafen."

Sie war von Beruf Lehrerin. Sie hatte dunkelblaue, nachdenkliche Augen. Was sie sagte, war stets durchdacht. Scheinbar gefasst eröffnete sie das Gespräch mit ihrem Nachbarn. "Ich wollte auf dieser Reise alle Lasten abschütteln und jetzt diese Schreckensbotschaft. Dabei ist mir Todesangst nicht fremd. Angst hat mich mein Leben lang begleitet. Als Kind fürchtete ich mich vor Mäusen und Spinnen. Wenn mir Spinnen zu nahe kamen, verfiel ich in eine Art Todesstarre. Ich traf deshalb unsinnige Vorsichtsmaßnahmen, um ihnen nicht begegnen zu müssen. Jeden Abend musste mein Zimmer desinfiziert werden. Um Schutz vor den Mäusen zu haben, mussten Mäusefallen aufgestellt werden. Es waren zuerst zwei, später zwanzig. Als ich in der Zeitung einen Artikel darüber las, dass wir immer und überall Bakterien und Viren ausgesetzt sind, die Krankheiten übertragen oder hervorrufen können, begann ich, mir die Hände ständig zu waschen. Ich mied das Händeschütteln bei Begrüßung und Verabschiedung, fasste Türklinken und Gegenstände nicht ohne schützende Gummihandschuhe an. Auf der Straße fürchtete ich, jederzeit von Autos überfahren zu werden. Ich litt eigentlich immer an irgendwelchen Ängsten, die sich zu unvorhersehbaren Panikattacken ausweiten konnten. Dann begann plötzlich mein Herz zu rasen, ich bekam Erstickungsgefühle, Schwindel und Schwächegefühl und meinte, sterben zu müssen. Bei meiner Einstellungsuntersuchung für den öffentlichen Dienst erklärte mir der Arzt, ich sei Krebs gefährdet, weil meine Mutter und Urgroßmutter an Krebs verstorben seien. Er empfahl mir regelmäßige Vorsorgeuntersuchungen.

Sein wohlgemeinter Ratschlag verstärkten meine Ängste. Ich begann, Krebs verhütende Medikamente einzunehmen, aß nur noch Krebs vorbeugende Nahrung, konsultierte zunächst halbjährlich, dann vierteljährlich und schließlich fast wöchentlich Krebsspezialisten und Heilpraktiker, um meinen Gesundheitszustand überprüfen zu lassen. Vor einem Jahr ließ ich mir operativ die Brüste und vor einem halben Jahr den Uterus und die Eierstöcke entfernen, um eventuellen bösartigen Wucherungen vorzubeugen. Mir ist bewusst, dass ich mich krankhaft verhalte. Es ist die Angst, die mich zu Zwangshandlungen nötigt. Sie ist stärker als meine Vernunft. Ich will gesund, lange und glücklich leben, frei und ungebunden. Und kann es nicht. Jetzt ist real eingetreten, wovor ich mich lebenslang gefürchtet habe und mich schützen wollte. Der Tod winkt mir zu. Ich spüre seine Nähe. Helfen Sie mir, ich will nicht sterben. Was kann ich tun, was kann ich machen, dem Tode zu entgehen. Beschwören Sie das Leben, bannen Sie die Gefahr! Sie krallte sich an ihren Nebenmann. Der, alt und abgeklärt, erkannte ihre existentielle Not. Sie glich einem Fisch, der aus dem Wasser ans Ufer geworfen wurde und verzweifelt kämpft, wieder in sein Lebenselement zu gelangen. Er antwortete mit dunkler und warmer Stimme. "Ja, wir brauchen Zeit, um uns mit unserer Endlichkeit abzufinden. Innerlich schreiten wir nur voran, wenn wir bereit sind, uns dem Unbekannten zu stellen. Wir werden ungefragt in eine unwirtliche Welt gestellt, werden gelenkt, sind aber vor allem das, was wir aus uns machen. Es ist tragisch, dass Ihnen das Leben selbst Angst macht und Sie das Leben nie genießen konnten. Ich bin alt. Meine Frau ist bereits verstorben. Ich habe Kinder und Enkelkinder. Ich sitze in dieser Todesmaschine, weil ich mich von meiner Tochter und ihrer Familie verabschieden wollte. Sie leben in Peking. Danach wollte ich in Bern in einer Klinik mit ärztlicher Hilfe aus dem Leben scheiden. Mein Entschluss hat eine Vorgeschichte. Ich bin an Bauchspeichelkrebs erkrankt, ich habe nur noch eine kurze Lebenszeit. In der Auseinandersetzung mit Altern und Krankheit habe ich sehr schnell verstanden, dass alles Leben, dass störend oder unproduktiv ist, in unserer Gesellschaft zunehmend als unnütz angesehen wird. Das Kind, das den Lebensstandard schmälert, wird abgetrieben. Den siechen Kranken und Alten wird Sterbehilfe als Humanum offeriert. Der sogenannte selbstbestimmte Tod in Würde wird im Fernsehen, Radio und Zeitung als mutig, verantwortungsbewusst und vorbildlich gepriesen. .Ich habe mit Freunden und Angehörigen diese Problematik oft diskutiert, noch bevor ich und sie von meiner Erkrankung wussten und das im Bewusstsein, dass das Kleine im Großen und das Große im Kleinen, das Zeitige im Ewigen und das Ewige im Zeitigen miteinander verwoben sind. Ich beschloss, mich und sie mit meinem Freitod zu entlasten. Doch jetzt will ich Sie erleben lassen, welchen Weg wir beide in wenigen Minuten gemeinsam gehen werden. Seien Sie bereit, mit mir ohne Angst, Verkrampfung und Verbitterung in eine Seelenlandschaft der vollkommenen Harmonie einzutreten.

„Lehnen Sie sich zurück, machen Sie es sich bequem. Schauen Sie auf meinen Finger, nur auf meinen Finger. Ihre Augen fangen an zu brennen – brennen – Ihre Augenlider werden schwer - ganz schwer.

Sie schließen die Augen – schließen Sie die Augen. Sie atmen tief und ruhig. Die Arme sind schwer, Wärme umhüllt sie. Sie entspannen, sie sinken tief, ganz tief. Alles ist dunkel. Sie hören nur meine Stimme, sind gelöst, fühlen sich frei, schwerelos und sind voller Ruhe und Friede. Sie sehen ein Bild, eine Landschaft.

Es kommt näher, immer näher. Sie gehen hinein, sie verschmelzen und schweben und sind eins mit Wiese, Wasser, Blumen, Bäumen. Sie sind voller Glück und verweilen darin. Es ist der Garten Eden und Sie verweilen, verweilen darin ewig."

Seine Patientin war eingeschlafen. Er wusste, dass er ihr die Pforte des ersehnten, erfüllten und vollendeten Augenblicks aufgestoßen hatte und sie nun den Ausgang ihres Hierseins in Frieden durchschreiten würde.

Mark, der mit Geschwätzigkeit es verstand, in kurzer Zeit seine Zuhörer zu nerven, saß verstört auf seinem Platz. Noch vor Antritt seines Urlaubs war es ihm gelungen, mit knappem Vorsprung vor seinem Rivalen als Parteivorsitzender eines Bundeslandes gewählt zu werden. Er zählte sich nun zur intellektuellen Elite des Landes. Er hatte auf dem zweiten Bildungsweg das Abitur erreicht, war frühzeitig in die Partei eingetreten, hatte politische Wissenschaften studiert und sich schon als Heranwachsender ganz der Parteiarbeit gewidmet. Seine Stärke lag darin, pathetische Reden zu halten und stundenlang sachkundig zu diskutieren, selbst wenn er von der Sache wenig oder gar nichts verstand. Er hatte sich ein Partei konformes Vokabular an Leerformeln und Worthülsen zugeeignet und überzeugte damit. Begriffe wie Gerechtigkeit, Gleichheit oder Demokratie bevorzugte er als Totschlagargumente. Er log hemmungslos, wenn es ihm nützlich erschien oder wenn er dem politischen Gegner Schaden und Unheil zufügen konnte. Glanzpunkte seines Lebens waren, wenn er auf Demonstrationen die Stimmung der Führer willigen Massen mit illusionären Parolen zum Brodeln brachte. Für seine Parteikarriere waren berufliche Bewährung, Lebenserfahrung und Charakterstärke nicht erforderlich und eher schädlich. Mit der Wahl zum Parteivorsitzenden hatte er sein erstes Lebensziel erreicht. Nach der Wahl sonnte er sich im Vorgeschmack auf seine ihm zugewachsene Macht und Ehre und malte sich die feierliche Einführung in sein neues Amt fantasiereich und hingebungsvoll aus. Nachdem er nach der Ankündigung des Kapitäns sich etwas gefangen hatte, richtete er sich ungläubig an seine Begleiterin.

„Marlies, hast du gehört, was soeben durchgesagt wurde?"
„Ja, sie haben die Kontrolle übers Airplane verloren."
„Und?"
„Wir werden abstürzen."
„Das lässt dich ruhig?"
„Nein, aber wir können es nicht ändern. Oder was willst du tun?"
„Ich werde sie anzeigen, ich werde sie vors Gericht zerren. Diese Pfuscher, diese Nichtskönner. Wo ist der Verantwortliche hier, ich will ihn sprechen.."

Mark erhob sich, sie hielt ihn zurück.

„Lass das. Bedenke, wir stehen vor dem Ende unseres Lebens."
„Niemals, nicht mit mir. Dir ist ja alles wurscht. Glaubst du, ich werfe alles hin? Wie habe ich mir für die Partei den Arsch aufgerissen. Geschuftet habe ich, Tag und Nacht. Ich habe mich für die Menschen eingesetzt, für Gerechtigkeit und Gleichheit. Und den Lohn für meine Arbeit, wer bekommt den? Mein Stellvertreter, der Sebastian, dieses Arschloch. Ich sage dir, er wird die Partei ruinieren. Ich habe die Partei groß gemacht, er ist nur ein Profiteur."

„Mark, beruhige dich bitte!"
„Wie soll ich mich beruhigen? Wie werden meine erste und zweite Frau reagieren und die Kinder? Sie werden sich ins Fäustchen lachen. Sie werden mich beerben, Rente beziehen, das Haus verhökern, Geld raffen, wo sie nur immer können. Und hämisch tratschen, das hat er davon, mit einem jungen Ding eine Weltreise zu unternehmen."

„Mark, lass uns still zur Besinnung kommen."
„Ich sage dir nur so viel. Sie werden alle, aber auch alle ohne mich

im Elend untergehen."
„Hast Du mal nachgedacht, was nach dem Tode kommt?"
„Wozu. Ich habe Pflichten, Verantwortung, muss an die Zukunft denken. Die Gesellschaft muss radikal umgestaltet werden. Der arbeitende, kreativ schaffende, die Gegebenheiten umformende und sich selbst überholende, der neue Mensch ist gefordert. Nur mit ihm ist der naturgesetzliche Fortschritt, die reale Hoffnungswelt zu erreichen. Glück und Freiheit für alle Menschen. Ich weiß, das kommt nach mir, ich aber habe es vorbereitet, es ist mein Verdienst. Deshalb habe ich auch ein Anrecht auf ein Staatsbegräbnis."
Erschöpft und echauffiert wischte er sich Schweißperlen von der Stirn und mit gebrochener Stimme greinte er: "Es muss eine Rettungsaktion für mich gestartet werden. Sie sind dazu verpflichtet. Das Handy ist tot, es muss was unternommen werden. Los Marlies, unternimm was!" Die schaute auf das Gebirge und dachte, wie mächtig ist die Schöpfung und wie klein kann ein Mensch sein. Sie schloss die Augen und sprach im Stillen mit ihrem verstorbenen Vater.

Im rückwärtigen Bereich des Flugzeugs hatte sich ein Pulk von Reisenden gebildet. Sie jammerten, zeterten und schrien, einige traten mit den Füßen, andere schlugen mit ihren Fäusten gegen die Sessel. Frauen weinten, Männer gifteten die Flugbegleiter an. Unsinnige Behauptungen wurden gebrüllt:"Da steckt das CIA dahinter. Die werden behaupten, wir sind abgeschossen worden. Das ist dann der Anlass, um China den Krieg erklären zu können….Nein, es ist Sabotage. Boeing will die Maschinen von Airbus vorführen, sie als Konkurrenten ausschalten. Es geht um Profit…..Quatsch, in der Pilotenkanzel sitzt ein Verrückter. Er will uns alle in seinen Tod mitreißen….Haben Sie die Piloten gesehen? Sie sehen sehr merkwürdig aus. Sie kamen mir gleich verdächtig vor. Es sind Außerirdische. Wir sind Versuchskaninchen, Sie wollen uns entführen, los, kommt, wir müssen was unternehmen, bevor es zu spät ist."

Vier Männer stürmten zur Pilotenkanzel, die war verschlossen und konnte mit Händen nicht aufgebrochen werden. Die Männer standen verloren herum, bis einer eine neue Erklärung vortrug:"Es sind Dschihadisten. Ihre Cyberspezialisten haben die Technik des Flugzeugs ausgeschaltet. Sie wollen mit diesem Terrorakt Angst und Schrecken verbreiten und sich die Macht erobern. Das christliche Abendland, für sie Hort der Geldgier, des Lasters und des Unglaubens, soll in ein weltumspannendes Gottesreich integriert werden. Ihr Gott ist ein Gott der Bestrafung und der Rache. Salafisten kennen keine Gnade, kein Erbarmen, keine Barmherzigkeit Ungläubigen gegenüber. Machen wir uns nichts vor. Wir sind ihnen ausgeliefert. Sie werden unseren Tod als Sieg feiern und bejubeln. Unsere Politiker werden von Verirrten schwafeln, die mit Toleranz, Verständnis und humanistischen Argumenten vom Irrweg abzubringen seien. Die Islamisten werden uns mit Spott bedenken und wie das frühe Christentum sich mit Feuer und Schwert durchsetzen. Ihr Fanatismus und ihre spirituelle Hingabe strahlt vitale, kraftvolle und rücksichtslose Jugendlichkeit aus. Ich erkenne den Beginn des Untergangs einer Alters müden und dünnblütigen, christlichen Kultur und wir sind eines der ersten Opfer dieses historischen Prozesses. Aber gehen wir zu unseren Frauen zurück, sie brauchen uns."

Hinter dem Sprecher kauerte ein Mann, der den Ausführungen aufmerksam zugehört hatte. Er hielt den Sprecher am Jackett fest, als der ihn passierte."Entschuldigen Sie, worüber Sie sprechen, darum geht es nicht. Wir sind die Opfer einer geheimen Macht, die mich als Werkzeug missbraucht. Zuerst hat man mich beobachtet, dann hat man mir einen Empfänger in den Kopf implantiert. Nachts, als ich schlief. Von da an hat man mir Befehle gegeben, dauernd, zu jeder Zeit. Es war immer dieselbe Stimme eines Mannes. Es ist der Weltenlenker. Anfangs habe ich ihn ignoriert, er ließ sich nicht abweisen. Nachts konnte ich nicht schlafen, weil er mich mit Worten beleidigt hat. Tags, auf der Straße, kommentierte er, wer mir entgegenkommt. Pass auf, das ist ein Betrüger oder der sucht eine Frau zum Vögeln. Es machte mich unruhig und nervös. Unvermittelt forderte er, dass ich eine brennende Zigarette auf meinem Arm ausdrücke. Wenn nicht, so müsse ein Kind sterben. Er entriegelte meine Augen und ich sah, dass ein Kind wie Daniel im brennenden Ofen saß und ich hörte seine grellen Schmerzensschreie. Ich habe die Glut einer Zigarette wie gefordert auf meinem Arm ausgedrückt, denn das Kind sollte nicht vom Feuer verzehrt werden. Die Stimme verlangte wiederholt meine Selbstbeschädigung, sehen Sie hier, es sind alles die Brandmale davon..Eines Tages bestand der Allmächtige darauf, dass ich mir die Pulsadern öffne, sonst sterbe meine Familie. Ich weigerte mich und führte heftige Dispute mit der Stimme. Als meine Mutter erkrankte, wiederholte er ständig, sie wird sterben, sie wird sterben, es sei, du opferst dein Blut. Ich habe mir mit einer Rasierklinge die Pulsader des linken Arms aufgeschlitzt. Meine Mutter wurde gesund, veranlasste aber, dass ich in die Psychiatrie eingeliefert wurde. Die Ärzte verordneten mir Medikamente und schalteten damit den Empfänger in meinem Kopf aus. Mir war jedoch klar, dass der Weltenlenker nicht nachgeben wird. Nach meiner Entlassung aus der Klinik spürte ich, wie er mich überall und immer belauerte und beschattete. Ich setzte die verordneten Medikamente ab, um zu überprüfen, ob er nach wie vor in mir eingenistet ist. Seine Grausamkeit und Unmenschlichkeit hatte sich ins Unermessliche gesteigert. Nun sollte ich mir oder einem anderen Menschen die Kehle durchschneiden, sonst würden die Menschen unserer Stadt hinweggerafft und ich sei der Schuldige. Ich flüchtete mich in die psychiatrische Klinik. Dort vermittelte man mir, dass ich an einer Psychose erkrankt sei, welche Symptome damit einhergingen und wie sich ein psychotischer Rückfall ankündige. Mit der Einnahme der Medikamente verstummte der Weltenlenker und meine übersinnlichen Fähigkeiten ruhten. Der behandelnde Arzt empfahl mir, mich abzulenken und mich mit anderen Gedanken zu befassen. Deshalb habe ich diese Reise gebucht. Ich bin mir sicher, dass alle Menschen in diesem Flugzeug sterben müssen, weil ich bisher zum Opfertod nicht bereit war. Diese Schuld lastet schwer auf mir und es gibt nur einen Ausweg. Besorgen Sie mir bitte ein Messer. Ich muß mich töten, damit ich das mörderische Unheil noch abwenden kann." Der Bittsteller hob flehend seine Hände, der Angesprochene entfernte sich wortlos und schaudernd und ließ den Bittenden in seiner Not zurück.

Ein Mann in teurer Kleidung, mit aufdringlichen Augen und ordinärer Stimme redete laut auf seine Frau ein. Seine Augen traten hervor, sein Gesicht war verzerrt. Sie hatte sich Schutz suchend geduckt.
„Das habe ich davon, dass ich mitgereist bin. Ich wollte nicht, aber du hast darauf bestanden. Ich hätte wissen müssen, dass es ein Flop wird, wie alles, was du anpackst. Jetzt haben wir dein Heldenstück. Wie konnte ich nur nachgeben."
„Walter, wir haben doch gemeinsam..."
„Gemeinsam? Dass ich nicht lache. Seit wann haben wir Gemeinsamkeiten. Du hast dich nur immer hinter deine Arbeit versteckt. Um mich kümmert sich keiner. Schau doch nur deine Familie an. Sie haben mich nie angenommen, sie hetzen hinter meinem Rücken gegen mich. Sie blicken auf mich herab, weil ich kein Akademiker bin. Glaubst du, ich bin blöd und merke das nicht? Ich bin nur gut fürs Geldverdienen. Ihr könnt mir alle gestohlen bleiben.."

„Ich dachte..."
„So, du hast gedacht? Du denkst doch nur an dich. Ich wollte vier Wochen Urlaub auf Mallorca verbringen. Und was erklärst du mir? Es geht nicht, du kannst deine Patienten nicht unversorgt lassen. Alles geht, wenn man will. Aber deine Patienten sind dir ja wichtiger als ich. Vor der Abreise wolltest du nur schnell für dreißig Minuten dich von deiner Freundin verabschieden. Und wie lange warst du fort? Sage und schreibe über fünfzig Minuten. Ich habe gewartet und gewartet. Ohne Essen. Was hast du in der Zeit getrieben?"
„Walter, es sind unsere Freunde."
„So, jetzt willst du mir wohl auch noch vorhalten, dass ich im Internet mit Frauen twittere? Mit wem soll ich mich unterhalten? Du hörst mir nicht zu. Du lebst von meinem Erbe und meinem Geld. Du hast nicht mich, du hast mein Geld geheiratet. Du nutzt mich aus, ich bin Dir nichts wert."
„Wir haben keine Zugewinngemeinschaft, ich bin als Ärztin finanziell unabhängig von Dir und werde es bleiben. Aber warum schon wieder dieses Theater? Es sind unsere letzten Minuten!"
„Eben, dann vergiss auch im Jenseits nicht, was für alle Zeit bestehen bleibt. Ich verwünsche den Tag, an dem wir uns begegnet sind." Nach einer Minute: "Oh Martha, verzeihe mir, ich liebe dich, es war nicht so gemeint. Verlass mich nicht, nicht jetzt. Vielleicht überleben wir, man hört ja immer wieder von Wundern. Ich werde dir etwas Schönes kaufen, ja, einen blauen Diamanten, blau wie das Meer und gefasst auf Platin.."

Die Mutter, streng frisiert und mit traurigen Gesichtszügen, beugte sich schwer atmend zu ihrer Tochter und stellte fest: "Angesicht des Todes fallen die verhüllenden Schleier von jedem Menschen. Sein Sosein offenbart sich, seine Existenz bekommt eine erhebende spirituelle Dimension oder versinkt in die

Niederungen des Wehklagens."

Barbara, ihre Tochter, schaute sie mit Tränen gefüllten Augen an. "Mama, warum sprichst du so hart, so geschwollen, als ob du vor Studenten stehst? Wir werden eines gewaltsamen Todes sterben. Und du hast keine Worte für mich. Ich will nicht sterben, ich habe noch gar nicht gelebt. Ich habe nichts Böses getan. Mama, hilf mir, sprich ein errettendes Wort, hilf mir den Sinn des Geschehens zu verstehen."

"Babs, es ist nicht so gemeint. Ich kann nicht anders. Es quält mich selbst, wie ich mich verhalte. Ich will versuchen, eine Schneise durch das Dickicht zu schlagen. Schau, die Vergangenheit holt mich ein. Dein Vater und ich bekamen nach der Heirat den Axel. Wir waren überglücklich. Axel verstarb am Kindstod. Es war auch mein Tod. Ein unschuldiges Kind wurde hinweggerafft und ich bekam keine Antwort auf mein warum. In mir wurde alles stumpf und leer. Nur immer dieses warum, warum mein Kind und nicht ich. Meinen hadernden Schrei kapselte ich ein. Ich suchte das Vergessen in meiner Tätigkeit als Dozentin. Vergeblich. Ich unternahm einen Selbstmordversuch. Weißt du, die Endlichkeit seines Daseins kann dem Menschen theoretisch vertraut werden, jedoch das Sterben niemals. Man muss erleben, wie es ist. Ich hatte mich damals ganz aufgegeben. Ich hatte Schlaftabletten genommen und war klinisch tot, als man mich fand. Ich bin überzeugt, dass ich für kurze Zeit mich im Land der toten Seelen aufgehalten habe. Dort wurde ich von einem Gefühl des heiteren Friedens überwältigt, nach dem ich mich heute noch gelegentlich sehne. Durch diese Erfahrung hat der Tod für mich seinen Schrecken verloren. Nach drei Jahren kamst du. Du hast mir das Glück zurück gebracht und den Willen zu leben. Mein Herz hat sich aufgeschwungen und ist in Liebe zu dir aufgegangen. Ich habe nur für dich gelebt, dankbar für dieses Geschenk, doch in der geheimen Furcht, ich könnte auch dich verlieren. Es kamen die

schönsten Jahre meines Lebens. Ich habe in dieser Zeit wohl deinen Vater vernachlässigt. Er trennte sich von uns, als du vierzehn Jahre alt warst. Du hast mir damals vorgehalten, ich sei an der Trennung schuld. Du wurdest zu mir abweisend und verschlossen. Ich habe alles für dich getan, dir jeden Wunsch erfüllt. Und gebetet, unser Glück möge ewig halten. Es half nichts, du hast dich mir entfremdet und ich wollte doch nur deine Liebe. Ich habe bis heute nicht verstanden, womit ich dich verletzt haben könnte. Nun erwartet uns der Tod. Ich bin unendlich traurig, dass wir diesen letzten Weg nicht in Eintracht gehen."
„Mama, so ist es nicht. Nein, es ist nicht so. Als kleines Mädchen lebte ich wie im Märchen. Sorglos, geborgen und frei. Ich habe unbeschreiblich schöne Erinnerungen an Papa und an dich. Ihr habt mir oft von Axel erzählt und ich war bemüht, ein gutes Kind zu sein. Dann ist Papa gegangen. Ich habe es nicht verstanden. Ich wurde zwei geteilt und meine heile Welt zerfiel in Schutt und Asche. Ich habe gefühlt, du willst mich allein besitzen und mich an dich binden. Papa sollte nicht mehr zu uns gehören. Dagegen habe ich mich gewehrt. Für mich begann der Kampf, unabhängig von dir zu sein. Ich wollte mir nicht vorschreiben lassen, wen ich zu lieben habe und wen nicht. Ich entzog mich deiner Fürsorglichkeit und sprach nicht mehr darüber, was mich bewegte. Ich nahm sehr bald wahr, dass du durch die Mauer meines Schweigens entsetzlich kalt wurdest und wir uns entfremdeten. Meine Gefühle zu dir wurden zwiespältig. Hingebungsvoll zugeneigt und zugleich Schutz suchend abgeneigt. Dabei hoffte ich und wünschte mir ein befreiendes Wort von dir, das ich selbst nicht sprechen konnte. Erst jetzt im letzten Augenblick kann ich sagen, was mich so lange bedrückt hat. Mama, ich liebe dich."
Mutter und Tochter umarmten sich. "Babs, ich weiß, Liebe soll selbstlos sein. Ich wollte in meiner Liebe zu dir auch selbstlos

sein. Du hast mich anders empfunden. Ich habe es nicht gemerkt und meinen Egoismus nicht erkannt. Ich fühlte nur, alles entschwindet mir, alle, die ich liebe, haben mich verlassen. Ich war einsam wie im Grab und lebte doch in dieser Welt."Sie stieß die Worte stoßweise aus, sie rang nach Luft, ihr Körper bebte.

Ein Mann, ruhig und gelassen, sprach nachdenklich halblaut zu sich selbst: "Die Menschen sind voller Angst und Schrecken vor dem, was kommt. Sie sind ständig auf der Flucht."
Sein Nebenmann widersprach ungefragt."Nein, es ist mehr. Sie sind verzweifelt. Sie sind verzweifelt, weil sie nicht bereit sind, sich von sich selbst zu verabschieden und in das Nichts einzutauchen. In das Ewige aufzugehen, überfordert sie. Sie haben nur für ihre Wünsche und Begierden gelebt und lassen davon nicht los. Deshalb sind sie der Wahrheit nicht gewachsen, dass wir nur ein winziger Teil eines unendlichen Ganzen sind, aus dem wir geboren sind und in das wir wieder heimkehren."
„Ja, wenn sie der Wahrheit unausweichlich konfrontiert werden, sind die meisten Menschen ratlos, verzagt und verwirrt. Sie kennen nur das Verhältnis des Menschen zum Menschlichen und können nicht glauben. Der Glaube ist das persönliche Verhältnis des Menschen zu Gott oder dem Göttlichen und dieses Verhältnis haben sie nicht, es wurde ihnen auch nicht gelehrt. Deshalb ist der Tod für sie Ende und Bedrohung und löst Angst aus. Und diese Angst ist ständig gegenwärtig. Es ist die Urangst der Menschheit. Sie ist das Existential unseres Daseins, wird aber verdrängt, kompensiert, überspielt und intellektualisiert."
"Es ist wahr. Die Kürze und das Ende des Lebens werden nicht bedacht. Warum auch? Lust und Freude wollen Ewigkeit und nicht Verzicht. Aus unserer hinduistischen Sicht hindern nur Verzicht und Entsagung die Wiedergeburt und den Kreislauf des Leidens. Wer nur nach Lust, Wohlleben und Fortschritt strebt,

erreicht nicht die Geborgenheit seines Ursprungs. Weil euch Christen das Glück des Nichtseins fremd ist, tröstet ihr euch mit Hoffnungsbildern und dem Ewigkeitsglauben. Ihr betet zu einem Gott, der euch aus der irdischen Not befreit und ein ewiges Leben im Paradies verspricht."

„Ich denke, auch im Hinduismus glaubt man an Erlösung und Verewigung. Hoffnungsbilder und Sehnsuchtsträume sind sowohl das Paradies als auch das Nirwana. In allem menschlichen Denken liegt eine Gemeinsamkeit. Der Glaube an eine weitere Existenz im Nichts oder in Gott ist Sinn stiftend, Sehnsucht erfüllend und Trost spendend. Er gibt die Kraft, im Diesseits zu bestehen. Der Glaube ist kein Scheinproblem, er ist die Essenz des Menschseins."

„Gut, wir scheiden, wir glauben, wir hoffen. Doch ebenso wichtig ist, was bleibt von uns zurück? Das Gute, die Liebe oder das Böse, das Leiden, unsere Untaten und Verbrechen?"

„Nun, als Vermächtnis hinterlassen wir unsere Unzulänglichkeiten, aber vor allem unser Ringen und unser forschendes Denken auf den nie endenden Weg der Annäherung an die Realität, wir können auch sagen, an die Wahrheit. So schreitet die Menschheit voran und versteht von Generation zu Generation ein wenig mehr von den kosmischen Dimensionen und ihren Gesetzmäßigkeiten, in die wir eingebettet sind."

„Ich kann Ihre Fortschrittsüberzeugung nicht teilen. Unsere gegenwärtige Situation beweist das Gegenteil. Sie ist der überzeugendste Augenblick, den ich bisher erlebt habe. Sie ist wie ein Scheinwerferlicht in der Dunkelheit, das alle Winkel meines bisherigen Lebens durchleuchtet, erhellend und entlarvend. Mein Denken hat eine neue reale Erfahrung bekommen. Wir dürsten und schöpfen aus einem leeren Brunnen. Und nun, da ich dem Absoluten begegne, erkenne ich, dass all mein bisheriges Trachten und Streben eitel war. Ich bin wie am Tage meiner Geburt hilflos, schwach und unwissend. Und angewiesen auf eine

Macht voller Güte und Liebe, die sich meiner Seele annimmt. Sie ist das Eigentliche unseres Lebens und das ewig Seiende vergangenen und zukünftigen Lebens."

 Das Gespräch wurde unterbrochen. Wohl versehentlich hatten die Piloten die Lautsprecher eingeschaltet. Einer von ihnen fragte: "Wie viel Zeit haben wir noch?" "Etwa zehn Sekunden."
Im Flugzeug wurde es schlagartig still. Totenstill. Es war die sakrale Stille der Ewigkeit, der spürbaren Anwesenheit des Übermenschlichen, die erschaudern macht und die totale Selbstaufgabe und Ergebenheit in das Unabänderliche erzwingt.
Nach zwei oder drei Sekunden tönte es jubelnd aus dem Lautsprecher: "Wir haben es geschafft, man, wir haben es geschafft. Gib der Leitstelle durch, es ist alles okay. Wir werden planmäßig in Peking landen."

Die Zeit des Johannistriebs

Wilhelm war 75 Jahre alt und pensionierter Oberstudienrat. Seine forschenden Augen und seine wohl gewählten Worte vermittelten den Eindruck von Offenheit und Besonnenheit. Er erfreute sich guter Gesundheit und körperlicher Fitness. Seine gleichaltrige Ehefrau Erika, auch sie pensionierte Studienrätin, zierlich, mit lebhafter Mimik, kontaktfreudig und leicht zum Lachen zu bringen, hatte sich ihre warmherzige Anziehungskraft bewahrt. Im Umgang mit Männern war sie zurückhaltend. Sie kleidete sich züchtig, zog den Rock stets über die Knie und überhörte Anzüglichkeiten. Trotz gelegentlicher Krisen mit heftigen Wortgefechten war die Ehe von Wilhelm und Erika über 50 Jahre glücklich verlaufen. Man vergaß die trüben Stunden schnell und blieb sich unzertrennlich zugetan.
Im Leben streben wir unaufhaltsam nach Liebe. Erika erkrankte schwer, ihre Tage schienen gezählt. Das Paar hoffte vergebens auf Besserung, sie siechte dahin. Beide fanden sich schließlich mit dem Unabwendbaren ab. Sorgenvoll und traurig widmete sich Wilhelm ganz seiner Geliebten, kaufte ein, kochte, hielt die Wohnung sauber und pflegte sie. Erika merkte, dass Wilhelm sich überforderte. Sie regte an, dass er nachmittags, wenn sie sich zur Erholung niederlegte, Freunde treffen, im Park spazieren oder Veranstaltungen aufsuchen sollte. So wurde zur Gewohnheit, dass sie nach der Mittagsmahlzeit schlief und er das Haus verließ und erholsamen Aktivitäten nachging. An einem warmen Sommertag traf Wilhelm im Stadtpark zufällig eine frühere Studienkollegin.
Laura war eine erlebnishungrige, leicht entzündliche und tatkräftige Frau. Sie erzählte ihm ungefragt und ungeschützt aus

ihrem Leben. Sie sei dreimal verheiratet gewesen, sei aber von allen Männern verlassen worden, obwohl sie, weiß Gott, sich für alle aufgeopfert hätte. Wilhelm seinerseits hielt nicht mit seinen gegenwärtigen Sorgen zurück und fand bei Laura einfühlendes Gehör. Beide legten offen, was sie bedrückte. Man kam sich näher, traf sich öfter, dann regelmäßig im Park oder einem Cafe. Sie lud ihn schließlich in ihre Wohnung ein, dort liebten sie sich und genossen des Lebens Würze. Sie lachten und schwelgten in Erinnerungen und zauberten sich den Frühling der Jugendzeit herbei. Er turtelte, sie reizte ihn zu neuer Manneskraft, er rezitierte Liebesgedichte, sie erzählte schlüpfrige Witze. Natürlich kam man auch auf die Zukunft zu sprechen. Angesichts seiner tief verwurzelten Liebe zu Erika, der langen glücklichen Ehejahre mit ihr und angesichts ihrer Erkrankung schloss Wilhelm eine Trennung von Erika kategorisch aus. Laura akzeptierte. So wünschten sich beide zwar nicht den Tod von Erika herbei, aber warteten doch unausgesprochen und insgeheim darauf. Der Tod wollte nicht kommen, ließ sich Zeit und spielte Schabernack. Die täglichen Schäferstunden revitalisierten Wilhelm.

Entgegen der ärztlichen Prognose gesundete Erika. Sie erwachte zu neuem Leben und erblühte zu einer anziehenden und reifen Schönheit.

Eines Tages lagen Wilhelm und Laura in der Heia. Sie kuschelte und küsste ihn und stellte fest: "Oh, wie groß und hart du bist - komm!" Er vereinte sich bedächtig mit ihr und steigerte lustvoll und genießerisch seine Aktivität. Sie forderte: "Ja, ja, ja - weiter, mach weiter!" Er merkte, seine Kräfte ließen nach, sein Herz pochte wild, die Luft ging ihm aus und sein Körper wurde schweißnass. In seinem Kopf hämmerte nur ein Gedanke: Nicht versagen, nur nicht versagen. Er kämpfte verzweifelt ohne Lustgefühl gegen die Schwäche, hatte endlich befreiende reflektorischen Erlösung und fiel halb benommen, erschöpft und schwer atmend auf die Seite. Laura hatte sich ebenfalls gedreht und entspannte. Nach einer Weile stand Wilhelm auf und ging zum WC. Laura hörte einen Plumps und einen Schrei. Sie sprang aus dem Bett und rannte ins Badezimmer. Wilhelm lag auf dem Boden, atmete stoßweise, war nicht ansprechbar und blutete massiv aus einer Platzwunde am Kopf, die er sich offenbar beim Sturz zugezogen hatte. Laura wusste nicht, was sie tun sollte. Erika durfte vom Verhältnis auf keinen Fall erfahren, Hilfe zu holen verbot sich deshalb. Sie befragte den Bewusstlosen wiederholt, was geschehen sei, erhielt aber natürlich keine Antwort. Sie benetzte ihn mit kaltem Wasser, wand ein Handtuch um seinen Kopf und rannte händeringend in der Wohnung hin und her."Oh Gott, wenn er stirbt, was mache ich dann, was mache ich dann."Wilhelm kam nach kurzer Zeit zu sich. Er richtete sich halb auf. Laura raffte seine Kleidung zusammen, stellte ihn mühevoll auf die Beine und schleppte ihn zu ihrem Auto, das sie vor der Haustür stets parkte. Sie bettete ihn versteckt auf dem Rücksitz, raste zum nächstgelegenen Krankenhaus, hielt vor dem Eingang der Notaufnahme, drückte den Alarmknopf und verbarg sich so schnell sie konnte hinter einer Hausecke. Pfleger holten Wilhelm in die Ambulanz, Laura aber flüchtete unbemerkt mit dem Auto zurück zu ihrem Haus.

Die Ärzte diagnostizierten bei Wilhelm eine Überlastungsreaktion bei einer bestehenden Mitralherzklappeninsuffuzienz und Hypertonie. Die Pathogenese seines Zusammenbruchs blieb allerdings rätselhaft. Wilhelm wusste, dass ihm im Badezimmer von Laura schwindelig geworden, er ausgerutscht und mit dem Kopf auf den Rand der Badewanne aufgeschlagen war. Er beteuerte indes den Ärzten wiederholt und sehr nachdrücklich, dass er sich an nichts mehr erinnern könne, insbesondere habe er keine Erklärung dafür, wie er nackt in den ihm unbekannten PKW gekommen sei und wer ihn gefahren habe. Er sollte fünf Tage zur

Beobachtung im Krankenhaus verbleiben. Erika, über das Ereignis psychisch zutiefst besorgt, bewegt und erschüttert, inzwischen körperlich frisch und munter, suchte Wilhelm jeden Tag um die Mittagszeit auf, um ihm seine Lieblingsspeisen zu servieren. Wilhelm ließ sich gern verwöhnen, langweilte sich aber schrecklich in seinem Krankenzimmer. Am frühen Nachmittag des vierten Tages verließ er gegen ärztlichen Rat auf eigene Verantwortung die Klinik. Er kaufte in einem Blumengeschäft zwei Sträuße mit je 15 dunkelroten Rosen. Einen Blumenstrauß schickte er über Fleurop an Laura, den anderen nahm er mit sich. Er betrat behutsam die eheliche Wohnung, denn er wollte Erika überraschen. Sie befand sich nicht im Wohnzimmer. Ihm fiel ein, dass er gerade zu ihrer üblichen Ruhezeit gekommen war. Er öffnete vorsichtig die Schlafzimmertür. Da sah er Erika nackt mit ihren kleinen, hängenden Brüsten auf dem entkleideten, 15 Jahre jüngeren Nachbarn Felix sitzen. Sie hob und senkte ihren schlanken Körper langsam, ästhetisch und gefühlvoll. Felix hauchte gedämpft und brünstig:"Ja, ja, ja, weiter, mach weiter." Wilhelm störte den Akt mit heiserer Stimme: "Laura, was soll das?" Sie fuhr in ihrem Tun fort und verbesserte ihn, ohne sich ihm zuzuwenden:"Ich bin nicht deine Laura, ich bin Erika. Mach doch schon mal den Kaffee fertig."

Die Bekenntnisse der heiligen Lisa von Soest

Sie warf einen Blick in die Tiefe seiner blauen, mandelförmigen Augen.
Er strahlte sie an und sie senkte den Kopf. Er betrachtete ihr Gesicht und konnte seinen Blick von ihren saftig roten, aufgeworfenen und herausfordernden Lippen nicht abwenden. Sie dachte, welch schöner Mann, er wird mich früher oder später nehmen. Er dachte, welch schöne, aufreizende Frau . Sie wird mich früher oder später verführen. Und beide sprachen doch nur über geschäftliche Dinge. Ernst Deibel hatte sich vor Monaten mit einem Journalistenbüro unter dem Namen „Kultur und Text" selbstständig gemacht. Sein Büro befand sich in der Stadtmitte von Köln und bestand aus zwei spärlich möblierten Zimmern mit Telefon, Fax und PC. Nach einem abgebrochenen Studium der Kunstgeschichte hatte er eine Anstellung als freier Mitarbeiter bei einer Lokalzeitung gefunden. Er schrieb über Gerichtsprozesse, Sportereignisse und kulturelle Ereignisse, stellte Beziehungen zu einflussreichen Persönlichkeiten der Stadt her und pflegte sie. Nach acht Jahren schien ihm die Zeit gekommen, seinen beruflichen, gesellschaftlichen und finanziellen Status auf das ihm zustehende Niveau zu heben. Dank seiner Bekanntschaften flossen ihm Aufträge reichlich zu. Schon nach kurzer Zeit annoncierte er in einer überregionalen Zeitschrift: „Journalistenbüro sucht schreibgewandten, kreativen, dynamischen und örtlich ungebundenen Mitarbeiter/In mit Interesse für Kunst und Kultur. Bewerben Sie sich bitte an…."Sara Sanft hatte sich auf diese Anzeige hin beworben, war von Herrn Deibel zu einem Gespräch eingeladen worden und saß nun vor seinem

Schreibtisch ihm gegenüber.

Sara war 24 Jahre alt, hatte sich nach einem Streit mit den Eltern eine kleine Wohnung in Soest gemietet, studierte in Münster Pharmazie, hatte soeben den Bachelor erworben und bei Aushändigung der Urkunde urplötzlich den Entschluss gefasst, sich beruflich neu zu orientieren. Die Beschäftigung mit der Wechselwirkung von Stoffen zu Stoffen und Stoffen zu Lebewesen , so ihre Selbstbegründung, sei ihr wesensfremd und töte ihre innere Lebendigkeit. Sie strahlte in der Tat Offenheit, Empfänglichkeit und Unbefangenheit aus und ließ so erkennen, dass sie für die Begegnung mit Menschen, das impulsive Leben, den forschenden Wandel geschaffen ist.

Das Vorstellungsgespräch dauerte nur wenige Minuten. Vom ersten Eindruck her wusste Herr Deibel, dass er diese Bewerberin einstellen würde.

„ Frau Sanft, aus Ihren Unterlagen geht hervor, dass Sie noch niemals journalistisch
tätig waren."

„Ja, das ist richtig. Aber ich habe das Zeug dazu."

„Woran machen Sie das fest?"

„Ich habe eine gute Schulbildung, ich bin belesen, ich habe immer gute Aufsätze geschrieben, ich bin lernfähig und ich brauche die Auseinandersetzung mit allen Formen von Kunst und Kultur."

„Sie wissen, dass Sie überregional tätig wären, also viel reisen müssten?"

„Ich bin ungebunden und habe ein Auto."

„ Sie wohnen in Soest?"

„Ja, leider."

„Leider?"

„ Nun ja, Soest ist Provinz. Wir haben zwar Buchhandlungen, eine Stadtbücherei, so etwas wie ein Theater. Aber es fehlt der Esprit, die geistige Eigenständigkeit, die kreative Leidenschaft. Soest hat

ein bisschen von spirituellem Dörrgemüse an sich."
Deibel lachte.
„Sie haben eine drastische Wortwahl. Gefällt mir. Ich denke, wir passen zueinander.
Meine Konditionen sind: Sie sind zunächst freie Mitarbeiterin. Sie erhalten ein monatliches Fixum von 1000,- Euro. Pro Woche rezensieren Sie zwei Bücher oder besprechen Theater-, Konzert- oder Opernaufführungen oder Kunstausstellungen, die gesondert vergütet werden. Ihre Beiträge werden von mir lektoriert, überregionale Veröffentlichungen erscheinen unter meinem Namen. Ich vermittle Ihnen die Aufträge. Einverstanden?"
„Nein. Ich brauche ein Fixum von 1500,-Euro."
Deibel schien nicht überrascht zu sein. Er trug den Betrag in ein vorgefertigtes Formular ein.
„Unterschreiben Sie bitte hier."

Sara lieferte mehrere Rezensionen und Besprechungen ab, bekam aber keine Rückmeldung von Ernst Deibel. An einem Abend klopfte es unerwartet an ihrer Wohnungstür. Es war Ernst Deibel.
„Darf ich eintreten?"
Sie irritiert:" Ja bitte, nehmen Sie Platz."
Er verbarg seine Neugier nicht und schaute sich ungeniert in dem relativ kleinen, liebevoll eingerichteten Wohnzimmer um. Er betrachtete ausgiebig die Bilder und Fotos, warf einen Blick aus dem Fenster und stellte fest, dass der Ausblick sehr schön sei. Dann klotzte er sich in einen Sessel, holte Saras Buchrezensionen aus seiner Aktentasche und erklärte der verdutzten Sara mit sarkastischem Unterton:
„Also, was Du schreibst und wie Du schreibst, das ist gut. Es entspricht wohl Deinem Weltbild und Deiner bürgerlichen Ethik. Aber es entspricht nicht den Intentionen unserer Auftraggeber. Deine Kritiken sind zu hart, so voller Wahrhaftigkeit und

Ehrlichkeit. Du musst bedenken, materielle Interessen, persönliche Beziehungen und ideelle Motive sind miteinander verschlungen. Wir wissen doch, Wasser wird gepredigt, Wein wird genossen. Meinungsfreiheit wird angepriesen, aber mit Geld gesteuert. Die Herrschenden haben die Deutungshoheit und dirigieren, was wir zu denken und wie wir das Weltgeschehen zu verstehen haben. Sie hämmern uns ein, was gut und was böse, was schön und was hässlich ist. Wenn wir gegen diesen Strom schwimmen, fliegen wir schneller aus dem Geschäft, als wir denken können. Was meinst Du, warum man Dich so großzügig bezahlt und beschenkt? Als komm runter von Deiner aufgesetzten Moral. Schreibe Rezensionen, die die Auflagen steigern, schreibe Kritiken, die dem Umsatz nützlich sind. Er erhob sich, ohne eine Antwort abzuwarten und ging zur Tür. Drehte sich um und fragte: „ Übrigens, ist die Seichtheit des Krimis, den Du gerade liest, nicht faszinierend? Mach´ für Deine Leser etwas Spannendes daraus, damit sie das dafür ausgegebene Geld nicht bereuen." Schloss die Tür hinter sich und ließ die verdatterte Sara sprachlos zurück.

In seiner Verärgerung hatte Deibel Sara geduzt. Sie hatte es registriert und verstanden. Sie überarbeitete ihre Texte und faxte sie umgehend an Deibel. Er mailte sofort zurück:" Großartig, einfach fantastisch. Hat uns viel Erfolg eingefahren. Gratuliere." Von nun an rissen sich die Verlage darum, ihre Publikationen von Sara in den großen Tageszeitungen, Fachzeitschriften und Journalen bewertet zu sehen. Sie trug wesentlich dazu bei, dass Bücher in die Bestsellerlisten katapultiert wurden. Die Beurteilung des Romans „Monte Sabino" eines bekannten und preisgekrönten Schriftstellers fiel ihr besonders schwer. Hier wird die ausgeleierte Masche von Toter, Gerichtspathologe, Motivsuche, Zeugenwidersprüche, Aha-Einfall der Ermittler,

Täterjagd und Aufklärung einfallslos durchgeleiert. Bei einem Treffen mit ihrer Freundin, einer Buchhändlerin, erkundigte sich Sara, wie sich das Buch verkaufe.

„Naja, wir haben nach seinem Erscheinen drei Exemplare verkauft. Jetzt wird es in der Bestsellerliste geführt. Das wird die Nachfrage steigern."

„Das ist doch nicht möglich. Das Buch ist erst zwei Wochen auf dem Markt!"

Marta, ihre Freundin, schüttelte den Kopf." Du Dummchen, die Bestsellerliste gibt nicht wider, wie viel Bücher tatsächlich verkauft worden sind. Es wird angefragt, wie viel Bücher wir glauben, verkaufen zu können. Beispielsweise in sechs Monaten. Wir verhandeln. Bei einer Marge von 20% 10 Exemplare, bei einer Marge von 30% 30 Exemplare, bei einer Marge von 40 % 50 Exemplare. Wir einigen uns auf die Marge von 40%, also werden 50 verkaufte Exemplare für die Liste gemeldet, noch bevor sie an den Mann oder die Frau gebracht worden sind. Bei einer guten Gewinnspanne werben wir für das Buch , stellen es aus und machen es jedem Kunden schmackhaft."

„Ist das nicht unredlich?"

„ Es ist Marketing. So werden nun mal Bestseller gemacht. Sie werden zum Gesprächsthema vieler Menschen und die Freiheit des Einzelnen wird dadurch nicht beschnitten."

„Was bringt euch ein Bestseller ein?"

„ Eine große Umsatzsteigerung für vier bis sechs Monate. Dann muss ein neuer Bestseller kreiert werden. Manche Bücher sind auch Dauerläufer. Gut gemanagt, erreicht ein solches Werk Verkaufszahlen bis zu einer Million in Deutschland."

„Ganz ehrlich, was hältst Du von „Monte Sabino?"

„Es ist ein beschissenes Machwerk. Aber Du, liebe Sara, empfiehlst es auch als tiefgründige Erzählung, die dem Leser Unbekanntes aus seinem Unterbewusstsein entlockt und

Geheimnisse des Lebens offen legt."
Beide Frauen brachen in Gelächter aus, konnten sich nur schwer beruhigen und frischten schliesslich Erlebnisse aus ihrer gemeinsamen Vergangenheit auf.

Sara und Ernst Deibel kamen sich über die Arbeit näher. Man traf sich vierzehntägig in Soest zur Besprechung der Neuerscheinungen. Dabei schlich sich die Gewohnheit ein, nach getaner Arbeit zusammen ein Glas Wein zu trinken. So auch an diesem Tag. Er hob sein Glas und wollte ihr etwas sagen. Aber er sagte nichts. Beide sahen sich nur an. Sie fühlte eine süß beklemmende Schwäche im Leib aufsteigen. Ihr Herz pochte, als er sie küsste. Sie schlang die Arme um seinen Nacken. Er legte sie behutsam auf die Couch. Mit seinen Fingerspitzen strich er zärtlich über ihr Gesicht, ihre Brüste, ihren Körper von oben nach unten. Sie wusste nicht, wie es geschah, aber sie lag plötzlich nackt hingegossen unter ihm. Sein rasendes Begehren entfachte ihre Glut zu lodernder Flamme, die erst nach stundenlanger Hingabe erlosch. Sie gingen zu Bett, lagen zusammen geschmiegt und genossen in der Tiefe des Schlafes die Wärme ihrer Leiber.
Am nächsten Morgen versuchte Eva zu rekonstruieren, was geschehen war. Aber Details und Zusammenhänge waren ihr nicht mehr präsent. Das Erlebte hatte etwas Traumhaftes und Unwirkliches an sich und war doch der Beginn einer drei Jahre währenden glücklichen Arbeits- und Liebesbeziehung. Ernst kam nach Soest, wie es ihm Pflichten und Zeit ermöglichten. War stets liebeshungrig und großzügig mit Geschenken. Sie diskutierten viel, sahen fern, tranken Wein und waren zufrieden. Böse Worte fielen nicht. Beide waren sich einig, ihre Wohnungen in Köln und Soest nicht aufzugeben. Das Kommen und Gehen schien ihrer Liebe nicht nur nicht zu schaden, sondern sich stets erneuernde Leidenschaft zu entfachen. Die Ehe einzugehen schien ihnen

überflüssig und wurde zwischen ihnen auch nicht diskutiert. Sara fand die erhoffte Bestätigung als Kulturjournalistin. Ihr Leben war abwechslungsreich. Sie las Bücher, suchte Kulturveranstaltungen auf und schrieb Kritiken darüber. Sie wurde in Soest eine bekannte Persönlichkeit.

Während der Pause einer Theateraufführung wurde Sara von einer kleinwüchsigen, grauhaarigen Dame mit lebhaften Augen und bewegter Mimik angesprochen. Ihre Gesichtszüge verrieten, dass sie in vielen Jahren Lasten zu tragen hatte. Dennoch wirkte sie nicht altersmüde und nicht abgeklärt, sondern eher bewegt und aktiv.
„Entschuldigen Sie Frau Sanft, dass ich Sie belästige. Mein Name ist Lisa Reh. Ich habe ein großes Problem. Würden Sie mir die Zeit schenken, es Ihnen vorzutragen?
Vielleicht können wir uns an einem der nächsten Tage irgendwo treffen? Mir liegt sehr viel daran und ich glaube, Sie sind für mich der richtige Gesprächspartner. Ich lese hin und wieder Berichte von Ihnen und bin davon immer wieder angetan."
Sara zögerte. Die Dame drängte.
„Bitte, es ist wirklich ein Problem und ich habe keinen Menschen, dem ich mich anvertrauen kann."
„Okay, ich bin bereit. Treffen wir uns morgen um 16 Uhr im Wilden Mann? Dort können wir uns in Ruhe bei einer Tasse Kaffee unterhalten."
Die Frauen trafen fast gleichzeitig am vereinbarten Ort ein und setzten sich etwas abseits an einen Nebentisch. Die Bittstellerin ergriff sofort das Wort.
„Frau Sanft, ich bin Ihnen sehr dankbar, dass Sie sich Zeit für mich genommen haben. Sie haben vielleicht meinen Namen vergessen, ich heiße Elisabeth Reh. Man ruft mich auch die Heilige Lisa. Für Sie bin ich Lisa. Ich habe viel von Ihnen gehört und bin überzeugt,

dass Sie mir beistehen können."

Sara achtete auf Gesicht, Mimik und Sprache ihrer Partnerin und versuchte, sie zu analysieren. Trotz ihrer Lebhaftigkeit erkannte sie, dass das Grundgefühl von Lisa Angst war, Angst vor jedem und vor allem, sie es aber meisterhaft verstand , sich hinter einer Fassade von Redseligkeit zu verstecken. Sara forderte ohne Umschweife:

„Worum geht es denn?"

„ Es hat eine lange Vorgeschichte. Ich komme aus dem Sauerland, also ich bin mit 17 aus einem Heim ausgerissen. Danach verlief mein Leben chaotisch. Eigentlich hat es noch heute keine Ordnung . Ich tauchte in Dortmund unter und kellnerte in allen möglichen Kneipen. Ein älterer Witwer nahm mich auf, wir heirateten. Er starb nach zwei Jahren. Ich fand eine Anstellung bei einem Arzt. Er war ein Swinger, nahm mich in seine Clubs mit und ehelichte mich, als ich schwanger wurde unter der Bedingung, dass wir eine offene Ehe führen und uns emotional nicht aneinander binden. Mir gefiel der unverbindliche und vielseitige Sex der Swingerszene. Ich befreundete mich mit Frauen und Männern der höheren und gebildeten Gesellschaft, die dort verkehrten und holte bei ihnen die Bildung nach, die mir fehlte. Mein Mann erlitt beim Sex im Club einen Herzschlag und verstarb an Ort und Stelle. Eine Woche nach seiner Beerdigung hielt ein Bauunternehmer aus dem Club um meine Hand an. Sie müssen bedenken, dass ich eine wirklich schöne Frau war. Ich willigte ein und wir heirateten gegen alle guten Sitten noch während der Trauerzeit bacchantisch im Club. Das hat meinem Mann das Leben gekostet. Seine ehemalige Geliebte, eine eifersüchtige und hysterische, religiöse Fanatikerin, verkraftete seine Entscheidung nicht. Sie hatte die Swingergemeinde stets wie die Pest gemieden . An unserem Hochzeitstage, nach der standesamtlichen Trauung, feierten wir im Club mit Bekannten und Unbekannten nackt und ausgelassen unsere Eheschließung. Da erschien sie unversehens in unangemessen schwarzer Kleidung, stach meinen Mann mit einer Vielzahl von Messerstichen nieder und schnitt den in seinem Blute Liegenden und Sterbenden den Penis ab. Sie flüchtete, wurde ergriffen, vor Gericht gestellt und wegen Totschlags in einem minder schweren Fall zu einer Freiheitsstrafe von drei Jahren verurteilt. Der abgeschnittene Penis blieb unauffindbar, ich gestehe, dass das Urteil für mein Gefühl entschieden zu mild ausgefallen ist. Sie haben sicher von dieser schrecklichen Tat aus der Zeitung erfahren. Ich war damals jung und attraktiv, das Feuer der Begierde brannte in mir und ich konnte auf einen reichen erotischen Erfahrungsschatz zurück greifen. Ich richtete in Dortmund in vornehmster Stadtlage ein Etablissement ein, den „Herzensbrecher". Dort empfing ich nur Herren mit Protektion aus der Oberschicht nach Voranmeldung und war ihnen in allen Dingen zu Diensten. Nicht nur als Liebesdienerin, sondern auch als Freundin, Beraterin und Therapeutin. Mein Unternehmen florierte und war profitabel. Am 7.7., meinem 60. Geburtstag, befand ich mich in Soest. Der voralterliche Geist dieser Stadt überwältigte mich. Ich besichtigte die Gassen, die Häuser, die Kirchen und so auch den St. Patrokli Dom. Ich kniete vor dem Hochaltar nieder und betete. Da sprach eine Stimme zu mir: „Lisa, warum sündigst du? Kehre um, sühne und tue Gutes."

Sara unterbrach Lisa in ihrem Redefluss:„ Schön, aber was ist Ihr Problem? Was führt Sie zu mir?" Lisa fuhr unbeirrt fort: "Nun, ich war schon etwas älter und reifer, die Ansprache des Heiligen St. Patroklus traf mich wie ein Blitz und verwandelte mich.
Ich hörte Jubelgesang und begriff, dass der Heilige Geist über mich gekommen war.
Soest war mir als Stätte meines zukünftigen Wirkens bestimmt

worden. Ich zog nach Soest in ein kleines Hexenhäuschen. Seit Eröffnung des „Herzensbrechers" hatte ich buchhalterisch korrekt jeden Männerbesuch, jedes Gespräch und jede Liebesstunde aufgezeichnet. Beim Umzug fielen mir meine Tagebücher in die Hände. Als ich sie durchblätterte und einige Einträge las, erschrak ich über meine früher gelebte Verworfenheit. Sollte das meine Hinterlassenschaft sein? Die Worte des Heiligen Patroklus hallten in mir nach. Ich schrieb meine Lebensbeichte nieder und war bereit, meine Sünden öffentlich zu bekennen und die Menschen zu Umkehr und Buße zu bewegen. Mit meinem Manuskript begab ich mich zu einer hier sehr renommierten Buchhandlung und bat, in deren Räumlichkeit eine Lesung durchführen zu dürfen. Die zuständige Dame, verknöchert mit leer blickenden Augen, musterte mich kühl, blätterte einige Seiten um, verzog ihr Gesicht und erklärte in arroganter Manier, ich sei bei ihr fehl am Platze. Ich suchte die Stadtbibliothek auf. Die Bibliothekarin, ein unreifes Ding, überflog zwei Seiten meiner Bekenntnisse, lachte meckernd wie eine Ziege, juchzte zwischendurch „köstlich, köstlich" und empfahl mir, meine Aufzeichnungen dem international bekannten Verlag K. in Frankfurt zur Veröffentlichung anzubieten. Erst später ging mir auf, dass sie Spott über mich ausgegossen hatte. Damals fühlte ich mich aber geehrt, fuhr nach Frankfurt zum genannten Verlag und wurde vom Lektor Herrn Priel empfangen. Er war freundlich, versprach, das Skriptum sorgfältig zu lesen und mir eine Rückmeldung zu geben. Da ich nur ein Original hatte, werde er mir dasselbe selbstverständlich zurückschicken. Entgegen unserer mündlichen Vereinbarung hat er mir trotz wiederholter Aufforderungen mein Manuskript nicht zukommen lassen. Deshalb wende ich mich an Sie. Sie sind in diesem Metier zu Hause. Was kann, was soll ich tun? Sehen Sie, was ich geschrieben habe, das ist mein Leben, das ist mein Gewissen, das bin ich."

Das plötzliche Ende des Redeflusses von Lisa überraschte Sara. Sie lehnte sich in ihrem Stuhl zurück und betrachtete das gerötete Gesicht ihres Gegenüber.
„Haben Sie noch eine Abschrift Ihrer Bekenntnisse?"
„Nein, habe ich nicht. Der Verlag hat das einzig existierende Exemplar."
„Ist das Exemplar mit Ihrem Namen versehen?"
„Nein, ich hatte mir einen Künstlernamen zugelegt."
„Warum das?"
„Ich weiß, dass ich kurzweilig und spannend erzählen kann. Mein Leben ist einzigartig. Die Zurückweisungen mussten einen anderen Grund haben. Um sicher zu sein, dass ich mich nicht täusche, tippte ich die Erzählung von Kurt Tucholsky „Ein Ehepaar erzählt einen Witz" ab und überreichte sie unter meinem Künstlernamen dem Lektor eines Schweizer Verlages. Die Resonanz war niederschmetternd. Die Geschichte sei von der Sprache, vom Stil, vom Aufbau und vom Inhalt miserabel und literarisch wertlos. So bestätigte sich, was ich vermutet hatte. Es geht nichts ohne Geld."
„ Welchen Künstlernamen haben Sie sich zugelegt?
„Adina Patrokli"
„ Ist der Name gerichtlich beurkundet?"
„ Nein, wozu auch. Ich gehe davon aus, dass ich unbedeutend bleibe."
„ Haben Sie anderweitige Beweise dafür, dass Sie so etwas wie eine Biografie geschrieben haben?"
„ Vielleicht meine Tagebücher. Ich habe darin ganze Passagen aus meinen Bekenntnissen übernommen."
Sara wägte für sich ab. Sie ist ein armes Hascherl. Etwas stimmt bei ihr nicht. Wie kann ich ihr helfen?
„Lisa, ich möchte Ihnen beistehen, Sie sind mir sehr sympathisch. Ich muss die Sache aber erst mit meinem Partner besprechen, was

in Ihrem Fall getan werden kann. Ich möchte Ihnen nicht verheimlichen, dass alles auf sehr wackligen Füßen steht. Sie hören von mir in der nächsten Woche."

Sara traf Ernst in ihrer Wohnung an. Er hatte es sich bequem gemacht. Saß in einem Sessel, las Zeitung und nippte ab und an von einem Gläschen Likör. Auf dem Couchtisch lag ein kleines Päckchen. Sie nahm es vom Tisch, roch daran und stellte zweideutig in Aussicht:" Du sollst es mir erst schenken, wenn ich es auch verdient habe." Beim Abendessen tauschten sie ihre Erlebnisse aus den vergangenen Tagen aus. Sara erzählte ihm von der Begegnung mit der heiligen Lisa, deren exzentrisches Auftreten und Anliegen. Ernst schlug ein pragmatisches Vorgehen vor. "Es ist das Beste, einen Anwalt einzuschalten , der soll die Sache klären." Beide liebten sich, dann war die Zeit gekommen, das Päckchen zu öffnen. Sara lachte schallend. „Liebster, es sind die gleichen Dessous, die du mir vor vierzehn Tagen mitgebracht hast." Ernst schien fassungslos. " Bei Gott, was habe ich getan, wie konnte das passieren." Sie küsste ihn belustigt. „ Das ist doch kein Beinbruch. Du bist überarbeitet, wir sollten uns ein paar Tage Urlaub gönnen. Du denkst immer an mich, das macht mich glücklich. Komm, dafür sollst du mich zweimal lieben." Sie zog ihn tänzelnd in das Schlafgemach.
Ernst konsultierte den Rechtsanwalt Dr. Cramer aus Soest, der es erreichte, dass der Verlag sich zu einem unverbindlichen Gespräch bereit erklärte. Es war Vorweihnachtszeit. Sara fühlte sich bedrückt, denn Ernst hatte ihr bedauernd mitgeteilt, dass er Weihnachten nicht mit ihr feiern könne. Er müsse sich um eine alte und gebrechliche Tante kümmern, die einsam und verlassen in Passau lebe. Sara war von seiner liebevollen Fürsorglichkeit gerührt und bestärkte ihn schweren Herzens, seiner christlichen Pflicht nachzukommen. Die vielen weihnachtlichen Konzerte und

Veranstaltungen lenkten sie ab, die Feiertage selbst verbrachte sie bei den Eltern und bei Freunden. Sie sehnte sich nach der vertrauten Nähe von Ernst und war glücklich froh gestimmt, als er nach den Festtagen drei Tage bei ihr verbrachte und ihr eine gemeinsame zehntägige Urlaubsreise nach Dubai schenkte.

Zu Beginn des neuen Jahres fand im Büro des Anwalts die erbetene Konferenz zwischen Lisa und dem Verlagsvertreter Herrn Priel in Gegenwart von Dr. Cramer und Sara statt. Herr Priel war von kleiner Statur mit Glatze, aufgeblasenen Wangen, Doppelkinn, unruhigen Schweinsäuglein, Fettwulst im Nacken und Bierbauch. Eine auffällige Persönlichkeit. Er verhielt sich kühl und reserviert. Lisa gerierte sich ohne Scheu und plapperte ohne Unterlass. Der Anwalt mit Fliege, beringten Fingern, mit lichten, ergrautem Haar und dünnlippigem Mund, eröffnete das Gespräch. Er ließ erkennen, dass er sich als Mediator verstehe und im übrigen gerichtlich bestellter Betreuer von Lisa sei. Er forderte Lisa auf darzulegen, worum es ihr gehe.

„Das ist mit wenigen Sätzen gesagt. Ich habe diesem Herrn in Frankfurt mein Manuskript „Bekenntnisse einer Sünderin" mit der Bitte überreicht zu überprüfen, ob der Verlag bereit ist, es als Buch zu veröffentlichen. Herr Priel hat mir Rückantwort zugesichert, aber er hat weder eine Stellungnahme verfasst, noch mir das ihm überlassene Exemplar zurückgesandt. Ich will mein Eigentum zurück haben. Ich habe unschlagbare Beweise für meine Autorenschaft. Meine Tagebücher."

Herr Priel nahm die Beschuldigung gelassen entgegen.

„ Ich habe diese Dame noch nie in meinem Leben gesehen und kann deshalb von ihr auch nie etwas erhalten haben. Sie lügt."

Stille im Raum. Lisa erregte sich erst leise, dann schreiend und kreischend:" Sie Mistkerl, Sie Wichser, Hurensohn und Stück Scheiße. Wer lügt hier?" Sie raste, ergriff die Schreibtischlampe und warf sie gegen den Lektor. Sie schlug mit einem Stuhl auf ihn

ein, er verkroch sich unter den Schreibtisch. Sie kippte den Schreibtisch um, stieß den Anwalt und Sara von sich, die sie von ihren Tätlichkeiten abhalten wollten. Lisa begann, das Zimmer zu demolieren, Sara und Dr. Cramer flüchteten aus dem Raum und alarmierten die Polizei, die sehr bald erschien, Lisa überwältigte und in eine geschlossene Station der psychiatrischen Klinik Lippstadt einlieferten. Lisa wurde für eine Nacht in einem Kriseninterventionszimmer untergebracht, erhielt Beruhigungsmedikamente und hatte am nächsten Tag ihr psychisches Gleichgewicht wieder erlangt. Der Stationsarzt erhob die Personalien von Lisa, untersuchte sie körperlich und befragte sie nach dem Geschehen. Er sprach keinen Satz zu Ende, kein Satz war vollständig, aber Lisa konnte erraten, was er wissen wollte.
„Was ist gestern...“
„Ich habe meine Contenance verloren.“
„Warum Konzentration …..“
„Ein Verlag gibt mir mein Eigentum nicht zurück.“
„Ich verstehe nicht. Ist Konzentration?“
„Nein, nicht Konzentration. Contenance. Selbstbeherrschung, Selbstkontrolle, die habe ich verloren.“
„Und welcher Verlust?“
„Mit seinen Lügen hat mich ein Mann gedemütigt, gekränkt, er hat mich zur Lügnerin gemacht. Er versucht, mir mein Leben, meine Gedanken, mein Können zu stehlen. Man nimmt mir meine Selbstachtung, meine Selbsterkenntnis, meine Lebenswahrheit.“
„Sie neue Welt...“
„Ja, im Dom hörte ich vor dem Altar eine Stimme. Sie forderte mich auf, kehre um und tue Gutes. Seitdem helfe ich bei der Tafel, füttere die wildlebenden Katzen und Hunde, fahre Gehbehinderte aus dem Altersheim spazieren und vollbringe Wunder. So, wie ein Blitzstrahl die dunkle Nacht erhellt, sollen die Menschen durch mich erleuchtet werden.“

„Oh, Sie machen ...."
„Ja, wenn ich zu hilfsbedürftigen Menschen komme und erfahre, dass Winterkleidung benötigt wird, dann sage ich, lasst uns zum St. Patroklus gehen. Und dann beten wir. Und dann kommt die Geldüberweisung."
„Geldüberweisung von wem?"
„Das Geld kommt."
„Ist kein Wunder..."
„Wunder ist ein außergewöhnliches Ereignis durch Einwirkung göttlicher Macht. Ich bin Gottes Instrument, er wirkt durch mich."

Der Stationsarzt stellte bei Lisa die Diagnose paranoid-halluzinatorische Schizophrenie mit Sendungs- und Erlösungswahn. Vor dem Amtsrichter gab er zu Protokoll, Frau Reh müsse noch einige Zeit stationär behandelt werden. Ihr verfestigter Wahn, der mit Realitätsverlust und impulshafter Aggressivität einhergehe, gefährde akut die Menschen ihrer Umwelt.
Einige Schwestern und Pfleger der Station kannten die heilige Lisa aus Soest. Sie verstanden die Notwendigkeit der Zwangsunterbringung von Lisa nicht, hatten dagegen allerdings nichts einzuwenden. Lisa ersetzte auf der Station eine volle Arbeitskraft. Sie stand früh auf, bereitete das Frühstück in der Stationsküche vor, putzte die Aufenthaltsräume. Die verordneten neuroleptischen Medikamente ließ sie in ihren Mundtaschen verschwinden, um sie bei günstiger Gelegenheit unbeobachtet auszuspucken. Der Oberarzt war von der schnellen und effektiven Wirksamkeit der Medikamente angetan. Lisa zeigte sich affektiv ausgeglichen, umgänglich und symptomfrei. In Freistunden saß sie vor dem Fenster ihres Zimmers, schaute in die Feldflur der Soester Börde und grübelte über die letzten Ereignisse. Ein Traum setzte ihr besonders zu. Sie streitet sich mit dem Lektor Priel, der ihr einen runden Gegenstand zuwirft. Sie fängt ihn auf und sieht,

dass sie ihren eigenen Kopf in den Händen hält. Ihre Augen sind Schrecken erregend verdreht, die Zunge hängt weit aus dem Mund, Speichel näßt ihre Hände. Sie wirft den Kopf zurück .Sie greift nach ihrem Schädel, er ist fort. Sie hat keinen Kopf mehr und taumelt in der Finsterniss orientierungslos umher. Der Lektor feixt und entschwebt in die Höhe.

Sara besucht Lisa oft in Eickelborn. Sie trifft eine unbekümmerte, wohl gelaunte Patientin voller Tatendrang an. " Es jammert mich, wenn ich das psychische Elend hier sehe. Wäre ich jünger, könnte ich mich für eine Tätigkeit hier entscheiden."
„Lisa, Sie sind bereits sechs Wochen untergebracht. Soll ich nicht Ihren Anwalt einschalten, damit Sie aus der Klinik entlassen werden?"
„Wo denken Sie hin, man braucht mich hier. Meine jahrelange Erfahrung als Heilerin für Körper und Seele wende ich nützlich und zum Wohle aller Patienten an. Und nicht nur das. Ich führe täglich ein Gespräch mit dem Psychologen. Er hört wie ich die Bäume sprechen. Sie flüstern ihm zu, welche Gefahren auf ihn lauern. Wir schlendern zusammen durch den Park. Vor mächtigen Bäumen bleibt er bevorzugt stehen, lauscht und raunt mir zu, Lisa, man droht, man will mich ertränken. Alles ist vorbereitet. Ich schärfe dann seine realen Sinne. Vernimmst du den säuselnden Wind, wie er mit den Blättern spielt? Und des Vogels Gesang, der in seiner Schlichtheit zeigt, was Kunst und Wahrheit heißt? Vergiss die Stimmen deiner Ängste ,die tief in dir vergraben sind und wende dich der Wirklichkeit zu. Doch die Bilder der Finsternis nahmen weiter von ihm Besitz. Er lernte nicht, seine Gespenster abzuschütteln, bis er mir seine Visionen anvertraute. Er sitzt auf einem Hochstand, das Gewehr im Anschlag. Es raschelt im Gebüsch, er greift zu seiner Waffe. Da erhebt sich eine dunkle Gestalt, nähert sich und wird übergroß. Seine Klauen legen

sich um seinen Hals und nehmen ihm die Luft. Und er erwacht in Todesangst. Ich riet dem Doktor, befreie dich von deinem Alb, erschieße das Monstrum. In der nächsten Nacht wuchs ihm das Ungeheuer wieder aus dem Boden, wurde massig, riss sein Maul auf und streckte Mord lüstern seine Arme nach ihm aus. Er ergriff das Gewehr und schoss, er schoss und schoss, bis alle seine Kräfte ihn verließen. Das Ungeheuer war schon längst entschwunden. Als wir uns gestern trafen, waren seine ersten Worte: Ich habe meinen Stiefvater erschossen. Ich habe mitfühlend begriffen und geschwiegen. Nun hat er sich mit meiner Eingebung aus seiner düsteren Vergangenheit befreit. Ich werde erst gehen, wenn meine Mission erfüllt ist. Doch zu Dir, Sara. Wie geht es Dir?"
Sara zögerte einen Moment.
„Ich liebe meinen Freund, aber er betrügt mich. Er fährt zweigleisig. Es war so. Wir wollten uns ein Wochenende in Willingen vergnügen. Ernst und ich sind begeisterte Abfahrtsläufer. Nach den sportlichen Strapazen hatte sich Ernst hingelegt und schlief. Ich lümmelte im Sessel und feilte meine Fingernägel. Auf dem Tisch vor mir lag das Handy von Ernst. Ich war neugierig, ob er wohl meine Liebesbotschaften speichert. In der ersten SMS hieß es: Liebster, vergiss nicht, am Montag Brot, Butter und Aufschnitt einzukaufen. Kuss Melanie. Die zweite SMS lautete sinngemäß: Mein Schatz, ich komme heute etwas später nach Hause. Gehe ins Bett und mache es mir warm Ich wollte nicht weiter lesen und legte das Handy auf seinen Platz zurück. Ich überlegte kurz, nahm das Handy und notierte die Nummer der Absenderin. Ich fühlte mich unfähig, einen klaren Gedanken zu fassen. Als Ernst aufwachte, zog er mich aufs Sofa, küsste, streichelte und liebkoste mich.
Ich sträubte mich zunächst, spürte aber, wie ich schwach wurde und geschehen ließ, wogegen ich mich innerlich eigentlich wehrte. Plötzlich wich alle Passivität von mir. Die Vorstellung

besetzte mich, jetzt fickt er die andere. Ich sah, wie er auf ihr liegt und lustvoll mit ihr verkehrt. Diese Imagination peitschte mich zu ungezügelter sexueller Verzückung auf. Ich erlebte einen Orgasmus von nie dagewesener Intensität. Ernst liebkoste mich danach zärtlich und ich schlief ein, überzeugt, dass er nur mich allein liebt und voller Zweifel, ob dieses zwiespältige Erlebnis nicht Ausdruck einer perversen Neigung ist.

Am darauf folgenden Montag habe ich meine Rivalin angerufen. Ich wusste, dass sie Melanie heißt. Sie lebt in Werl, ist Single wie ich. Ich fiel gleich mit der Tür ins Haus. Ich sagte ihr, dass ich Ernst liebe und glaube, dass auch sie ihn liebt. Sie war für Augenblicke sprachlos, dann tauschten wir Informationen aus und beschlossen, uns zu treffen. Wir verabredeten uns im Wilden Mann. Bei der Erstbegegnung taxierten wir uns kritisch. Wir saßen uns gegenüber. Und prusteten los, konnten nicht an uns halten. Wir waren fast identisch gekleidet. Ich wies auf ihren Schal.

„Von Ernst?"

„Ja, von Ernst. Der Pullover?"

„Von Ernst. Der Rock?"

„Von Ernst. Die Schuhe?"

„Von Ernst. Grünes Sommerkleid?"

„Von Ernst. Parfüm von Estee Lauder?"

„Von Ernst. Freundschaftsring von Wendel?"

„Natürlich von Ernst."

„Dessous?"

„Nein, niemals."

„Ja Melanie, da hat er sich vertan."

„Kommt er alle 14 Tage zum Wochenende?"

„Ja, er ist arbeitsmäßig überfordert, es geht nicht anders."

„Fährt er jedes zweite Jahr zu Weihnachten zur gebrechlichen Tante nach Passau?"

„Ja. Streichelt, küsst und leckt er zärtlich und liebevoll, bevor er rammelt?"
„........."
„Verzichtest du freiwillig auf ihn?"
„Nein. Und du?"
„Nein. Er ist wundervoll und liebt nur mich."
„Er hat dich betrogen. Seit wann kennst du ihn?"
„Seit drei Jahren. Seit wann kennst du ihn?"
„Auch seit drei Jahren."
„Und das nimmst du hin?"
„Ist es bei dir anders?"
Zwischen uns drohte Feindschaft aufzuziehen. Rechtzeitig kamen wir zur Erkenntnis, dass wir uns nicht gegenseitig zerfleischen dürfen. Ich schlug vor, wenn er am nächsten Samstag zu mir kommt, dass wir ihn gemeinsam empfangen. Er sollte Rede und Antwort stehen, vielleicht kläre sich dann die Situation. Wir haben uns als gute Freunde getrennt, die das gleiche Schicksal aneinander bindet. Am Samstag hatten Melanie und ich wie besprochen die gleichen Klamotten an, die uns von Ernst geschenkt worden waren. Wir tranken Kaffee und warteten gespannt auf unserem Liebhaber. Der trat nach kurzem Anklopfen mit einem fröhlichen Hallo ins Zimmer. Wir erwiderten seinen Gruß wie aus einem Munde ebenfalls mit Hallo. Ernst fiel für einen Moment in eine entgeisterte Schreckstarre, als er uns beide erblickte. Aber er fasste sich schnell. Als Frauenkenner durchschaute er, wie wir beide Frauen hingebungsvoll, fast schmachtend zu ihm aufschauten. Er enttäuschte unsere geheimen Erwartungen nicht.

„Oh, ihr meine Liebsten, ich ahnte, dass ihr mich erwartet. Es wurde auch höchste Zeit, dass wir gemeinsam in Liebe unser Leben teilen. Ich habe wie immer für jeden das gleiche Geschenk mitgebracht, denn keiner von euch soll von mir bevorzugt oder benachteiligt werden.." Er entnahm seiner Aktentasche zwei Schachteln, stellte sie auf den Couchtisch, öffnete sie und hob vorsichtig zwei einzigartig geschnitzte Elfenbeinskulpturen heraus. Sie zeigten zwei nackte Damen in aufreizender Pose.

„Das seid ihr, meine Angebeteten. Schön, edel und begehrenswert.." Melanie versuchte sich zu empören.

„Was bildest du dir ein? Glaubst du, das Doppelspiel mit uns weiter treiben zu können?"

„Ich bilde mir nichts ein. Ich liebe euch beide und kann ohne euch nicht sein." Und mit frommen Augenaufschlag zu mir: "Bin ich bei Melanie, verzehre ich mich nach dir." Und mit Schmelz in der Stimme zu Melanie: "Liege ich in deinen Armen, denke ich an Sara." Ich wollte Härte demonstrieren und erklärte mit zitternder, versagender Stimme.

"So geht es nicht weiter. Ernst, du musst dich entscheiden." Meine Knie wurden schwach und ich musste mich setzen. Ernst erwiderte mit fester Stimme." Ich kann mich nicht entscheiden. Vergesst ihr die Stunden, in denen wir glücklich waren? Vergesst ihr, wie wir uns vereinten und wünschten, in alle Ewigkeit vereint zu sein? In denen unsere Seelen verschmolzen und wir im erfüllten Augenblick verzaubert waren? Nein, ich kann nicht von euch lassen. "Ich weiß nicht warum, wir spürten, dass Ernst uns etwas vorspielt und trotzdem konnten wir unsere Rührung nicht verbergen.

Tränen rannen uns über die Wangen und Seufzer entrangen sich unserer Brust. Ernst senkte sein Haupt und stieß immer wieder tief bewegt und gequält ein nein, nein, nein hervor. Welch eine Komödie! In dieser Phase seelischen Zwiespalts ließ uns unerwartet Ernst seine Entscheidung wissen. „Ich werde mit jeder von euch drei Monate auf Probe zusammen leben und dann entscheiden, welche Beziehung lebenslang bestehen soll. Oder ob wir uns für eine Wechselpartnerschaft entscheiden." Er hatte noch nicht ausgesprochen, riefen Melanie und ich im Chor: „Einverstanden, ich bin die Erste."

Zwischen Melanie und mir entstand ein Streit, der sich über Stunden hinzog, wer von uns die bessere, die berechtigtere, die vitalere, die schönere, die erotischere, die sexuell erfahrenere Geliebte sei, um das Recht der Ersterprobung zu erhalten. Wir merkten erst sehr spät, dass Ernst sich in das Schlafzimmer zurückgezogen hatte und sich dort ausruhte. Da wir Frauen ihm selbst nach zwei Stunden keinen Konsens präsentieren konnten, verkündete er, am Türrahmen lässig angelehnt, dass Melanie die Favoritin sei, an unserem Arbeitsverhältnis ändere das nichts. Das, liebe Lisa, hat mein Leben in große Unordnung gebracht. Ich fühle mich erniedrigt und gedemütigt und innerlich leer. Ich bin verzagt und war doch fest überzeugt, eine emanzipierte Frau zu sein."

Lisa äußerte ich besonnen. "Das sind Probleme unserer Zeit. Sie sind mir aus meiner Vergangenheit wohl bekannt. Wir durchlaufen eine Kulturrevolution. Man nennt es Emanzipation der Frau. Die Männer sind bei diesem Umstellungsprozess zu bedauern. Sie werden moralisch kastriert und wirken daran mit. Die Frauen kämpfen widersinnig um Bestätigung mit Sex und täuschen ewige Jugend vor. Die Mutter will sich nicht von der Tochter unterscheiden. Sie kleidet sich jugendlich, buhlt körperbetont um jeden Mann an, hübscht Gesicht, Busen, Po und Beine künstlich auf und scheut die Bindung. Es ist ein entgrenztes Leben mit neuen Formen der Lust, neuen Ebenen der kurzweiligen Liebe ,ohne Grund und ohne Tiefe. Auf diese Absurdität haben Männer und Frauen sich fast mehrheitlich geeinigt. Sara, was willst du? Rausch für begrenzte Zeit oder dauerhaftes Glück mit Pflicht und Treue. Du musst dich entscheiden." Sara konnte keine Antwort geben und wechselte das Thema.

„Ich habe dir verschwiegen, dass in deinem Haus eingebrochen worden ist. Ich wollte die persönlichen Dinge holen, um die du mich gebeten hattest. In deiner Wohnung war alles durchwühlt, aber anscheinend ist nichts gestohlen worden. Ich habe die Polizei gerufen, die hat den Vorgang aufgenommen und einen Aktenvermerk angelegt. Eine Aufklärung sei nicht zu erwarten. Hast du eine Ahnung, was man bei dir sucht?"
„Ich denke, man sucht meine Tagebücher. Sie enthalten viel sozialen Sprengstoff. Ich bitte dich, bring meine Tagebücher in Sicherheit. Hole sie nachts, man sollte dich dabei nicht sehen."
Die Nacht kam friedlich mit Kühle und besprengte die Erde mit Tau. Sara konnte vor Aufregung nicht schlafen. Sie stand in aller Frühe auf und schlich in der sich aufhellenden Dunkelheit zum Haus von Lisa. Es war ein altes Fachwerkhaus, etwa vier Meter breit und fünf Meter tief. Sara betrat mit Herzklopfen die Wohnung. Unmittelbar hinter der Eingangstür führte eine Holztreppe zum ersten Stockwerk. Hinter der Holztreppe befand sich ein kleiner Abstellraum, im hinteren Teil des Raume befand sich eine Küchenzeile, davor stand ein Tisch mit zwei Stühlen.
Die Treppe führte direkt in ein kleines Wohnzimmer, in der nächsthöheren Etage war das Schlafzimmer untergebracht. Sara zog mit einem Stock die Bodenleiter herunter und zwängte sich durch eine kleine Luke in den Dachboden. Ursprünglich war das Dach mit Holzschindeln gedeckt, später hatte man die Schindeln durch Schieferplatten ersetzt. Sara wusste, dass die Tagebücher von Schindeln ummantelt waren. Sie zählte die achte Reihe vom linken Giebel ab und fand das Gesuchte. Die Bücher waren Sandwich artig zwischen je zwei Schindeln verborgen. Sie packte hastig den Fund in ihren Rucksack und floh erleichtert und gehetzt

aus dem Haus.

Am Nachmittag mietete sie sich in der Sparkasse einen Safe und verstaute dort die Tagebücher.

Lisa wurde als vollständig remittiert aus der psychiatrischen Klinik entlassen. Sie fühlte sich verfolgt und flehte Sara an, bei ihr zunächst wohnen zu dürfen. Man trachte ihr nach dem Leben. Um Lisa die Angst zu nehmen, setzte sich Sara mit Herrn Priel telefonisch in Verbindung und schilderte ihm die irrationale Verfasstheit von Lisa. Er gab zu verstehen, dass er die Befürchtungen von Lisa zerstreuen könne, er stehe einem nochmaligen Gespräch nicht ablehnend gegenüber. Beide Frauen fuhren zum Verlagshaus nach Frankfurt. Nach der Begrüßung bekannte Herr Priel mit bedrückter Miene und niedergeschlagenen Augen, dass er lange Zeit nachgedacht habe und ihm eingefallen sei, dass Lisa in der Tat bei ihm einmal vorgesprochen und ihm dabei ein umfangreiches Manuskript ausgehändigt habe. „Ich habe gemerkt, dass Ihnen die Veröffentlichung ein Herzensanliegen war. Aber Sie müssen wissen, wir erhalten täglich geschriebene Werke zugeschickt. Wir überfliegen das Angebotene und werfen fast alle Einsendungen in den Papierkorb, ohne den Absender darüber zu informieren. Wir unterliegen den Gesetzen das Marktes. Einerseits verfügen wir nur über einen begrenzten Etat für Neuveröffentlichungen und sind Vertragsautoren verpflichtet, deren Werke wir ohne Rücksicht auf Qualität drucken müssen. Mit jedem Buch gehen wir ein hohes Risiko ein, deshalb übernehmen wir gern gefragte Ausgaben in Lizenz. Anderseits zahlen wir Unsummen an Geld für Buchbesprechungen, für Werbung, für Lesungen, für Mitglieder von Stiftungen, die bedeutende oder unbedeutende Literaturpreise verleihen. An Ihrem Buch fesselte mich die Verbindung von Porno, Perversion und Liebe. Nachdem sie mich verlassen hatten, betrat unser Verlagsleiter mein Dienstzimmer. Ich sagte, lesen Sie

mal, ich wusste gar nicht, dass es so etwas gibt. Er nahm Ihr Manuskript mit der Bemerkung, vielleicht sei es ein großer Wurf. Seitdem habe ich von Ihrem Skript nichts mehr gehört."
Sara intervenierte. "Herr Priel, haben Sie für uns wirklich keine andere Erklärung?" Der Lektor runzelte die Stirn.
„Ich könnte mir vorstellen, dass Ihre Niederschrift zum Beispiel in ein Kreativzentrum nach London verschickt worden ist. Dort bereiten spezialisierte Ghostwriter Texte auf, z.B. für einen Roman. Aus ihrer Abteilung für Meinungsforschung wissen sie, welche Themen Leser ansprechen und beeindrucken.
Ein Spezialist hat nichts anderes zu tun, als bezaubernde Landschaften, ein anderer packende Verfolgungsjagden, der nächste elektrisierende Tötungsakte oder erregende Liebesszenen und so fort zu schildern. Aus diesen Einzelteilen wird ein Roman zusammengesetzt und irgend jemand firmiert als Autor mit einer Lebenslegende. Unter kaufmännischen Gesichtspunkten sind es in der Regel weltweit sehr erfolgreiche Produkte. Ob Teile Ihrer Ausarbeitung dazu benutzt worden sind, weiß ich nicht. Es ist eine Vermutung, eine Spekulation, die ich nicht beweisen kann, die aber durchaus in das Geschäftsmodell unseres Konzerns passt."
Nach kurzer Pause. "Ich schlage Ihnen vor, ich zahle Ihnen dreitausend Euro als Entschädigung für das verloren gegangene Konzept. Und damit ist die Angelegenheit bereinigt, Sie stellen keine weiteren Ansprüche. Das bewegt sich im Rahmen meiner Möglichkeiten."
Lisa war während der Verhandlung schweigsam geworden. Sie stierte unverwandt den Lektor an. Dann hauchte sie:" Ich sehe Sie als Totenmaske." Der reagierte irritiert und verärgert:" Wir sind hier nicht auf dem Rummelplatz. Sie kennen mein Angebot. Entscheiden Sie sich." Den Frauen schien dieser Kompromiss sehr vorteilhaft zu sein. Sie willigten ein, gingen frohgemut in die Innenstadt von Frankfurt schoppen und wussten nicht, was sich

zu gleicher Zeit im Verlagshaus ereignete. Herr Priel hatte seinem Chef stolz und detailliert vom Kompromiss mit Lisa berichtet. Der Boss nahm die Ausführungen mit eiserner Miene zur Kenntnis und kommentierte sie für den Lektor unverständlich. " Priel, Sie sind alt geworden, sehr alt."
Wie gewöhnlich wurde dem Lektor Tee in seinem Arbeitszimmer serviert. Er schlürfte das Getränk genüsslich und las dabei. Plötzlich verspannte sich sein Körper, ihm flimmerte vor den Augen, er rang nach Luft und röchelte. Sein Kopf fiel seitwärts, sein Körper bäumte sich auf, Hände und Füße zuckten wild und er kippte vom Stuhl auf den Fußboden. Als man ihn fand, überzog Leichenblässe sein Antlitz. Sein Gesicht strahlte Ruhe aus. Der hinzugezogene Arzt stellte einen Herztod fest.

Es war Februar. Entgegen aller Gewohnheit blieb Lisa dem Abendbrot fern. Sara war beunruhigt. Sie streifte durch die Stadt und fahndete vergeblich nach dem Verbleib von Lisa. Kalte Regentropfen durchnässten sie, dann fiel ein lockerer Schnee, der die Straßen mit einem weißen Tuch überzog. Der Wind blies die Schneeflocken in wirbelnden Fahnen vor sich her. Sara rannte panisch durch die Straßen. Einem plötzlichen Einfall folgend, rief sie im Stadtkrankenhaus an. Ja, eine Lisa Reh sei aufgenommen worden. Sara eilte zum Krankenhaus. Lisa lag auf der Intensivstation.
Ihre Augen waren Blut unterlaufen, Gesicht und Hals geschwollen. Sie konnte nicht sprechen.
„Bist du überfallen worden?"
Lisa nickte bejahend. Aus den Augen der kleinen, gebrechlichen Frau quollen Tränen.
Sara streichelte die Hände von Lisa, die ihre Augen schloss und nach einiger Zeit einschlief. Sara wachte am Krankenbett, bis die Nachtschwester sie bat, das Zimmer zu verlassen. Am nächsten

Tag berichtete Lisa mühsam mit brüchiger Stimme, dass sie am Vortage zu einer Karnevalsveranstaltung des Seniorenklubs gegangen sei. In einer Pause habe sie die Toilette aufgesucht. Eine maskierte Person sei ihr gefolgt, habe sie gewürgt und ihr zugeflüstert, sie solle die Tagebücher herausgeben, sonst sei sie eine tote Frau. Man werde ihr Zeit und Ort der Übergabe nennen." Sara, es war eine männliche Stimme. Mein letzter Gedanke war, so endet mein Leben und das auf einem Klo." Für Sara stand fest, dass die gestellte Forderung mit der Vergangenheit von Lisa in Verbindung stand und man dem Täter zuvorkommen müsse. Nach der Entlassung von Lisa nahm sie das Heft in die Hand und bestimmte: „Bevor der Täter oder die Täter nicht entlarvt sind, verlässt du allein nicht mehr meine Wohnung. Wir kennen den Maskierten nicht, es ist aller Wahrscheinlichkeit nach ein früherer Kunde von dir. Er fürchtet, dass Dein Tagebuch benutzt werden kann, ihn zu brandmarken. Er hat viel zu verlieren. Seine gesellschaftliche Position, seine berufliche Stellung, seine geschäftlichen Verbindungen. Eine konkrete Person verdächtigen wir nicht, die Polizei hat also keine Ansatzpunkte für Ermittlungen. Wir sind auf uns allein gestellt. Es gibt nur einen Weg. Wir müssen die Tagebücher sorgfältigst nach dem Kriterium sondieren, wer am meisten durch Identifizierung geschädigt wird, beziehungsweise am meisten zu verlieren hat." Lisa wandte ein: "Es sind zwölf Bücher aus fünfundzwanzig Jahren." „Macht nichts. Wir werden die Reihenfolge ändern. Die Eintragungen aus den letzten Jahren sind wahrscheinlich die aufschlussreichsten. Die werden wir zuerst durchforsten."

Um zu entspannen, unternahmen beide Frauen am Sonntag einen kleinen Ausflug. Sie gingen auf der Höhe der Haar spazieren. Die Luft war klar und frostig, ihr Atem wurde als vergängliches Dunstwölkchen sichtbar. Die Sonne wärmte mit gelblichem Licht ein wenig. Die Saatkrähen unterhielten sich krächzend auf den

Bäumen.
Die kahlen Äste der Buchen ragten in den Himmel und zeichneten wirre Muster in den Raum. In der Ferne waren die Umrisse von Soest erkennbar. Das Städtchen hockte wie angenagelt auf dem Boden. Sara betrachtete Lisa von der Seite. Sie gefiel ihr. In ihrem Wesen war etwas Festes und Ehrliches, wie sie es nur von den Bauersleuten der Börse kannte.

Lisa redete sich alle Last von ihrer Seele:" Oh, diese Aufzeichnungen. Wohin habe ich mich von mir entfernt. Welches Chaos, welche Selbstvergiftung. Nur Recht auf Spaß und Vergnügen, nur ja keine Mäßigung. So habe ich mich selbst zum eigenen Hassobjekt gemacht. In meinem Tun war ich Teil des Bösen und sonnte mich darin. Und nun schleicht die Reue hinter mir her und ist nicht abzuschütteln…."
Lisas Gedanken tanzten dabei wie ein Wirbelwind ohne Richtung und verloren sich ohne Halt im Unverständlichen. Die Frauen wanderten zwei Stunden, bis die Sonne verblasste und sich auf die Erde gemächlich niederfallen ließ. Die Beiden traten den Heimweg an. Zu Hause meldete sich Melanie bei Sara." Sara, mein Schätzchen, ich komme erst jetzt dazu, dich anzurufen. Wir lagen bis jetzt im Bett. Ernst lässt dir sagen, dass er sich ganz für mich entschieden hat. Du brauchst nicht traurig sein, du bietest ihm nicht genug. Ich bin sein und das auf ewig." Sara legte auf. Sie machte sich Mut. Vergiss es, vergiss es, das Leben geht weiter. Aber ihr Herz hatte sich durch so viel Häme zusammengezogen und schmerzte. Sie ging zum Fenster. Der Mond stand wie angeklebt am Himmel. Sie dachte, ihm geht es wie mir. So ist die Einsamkeit. Sie schmeckte etwas Salziges auf ihren Lippen. Es waren Tränen. Sara drehte sich um, rief Lisa und erklärte energisch: " Komm, jetzt geht es an die Arbeit." Sie schlug die ersten Seiten des letzten Tagebuchs auf, las und stellte stets die

selben Fragen an Lisa: "Hier, der hat immer geschlagen. Mit einer Peitsche, dem Gürtel, einem Stock. Erinnerst du dich an ihn?.....Der hat dich gefesselt.....Der konnte nur, wenn er an deinem Höschen roch.....Ihm musstest du einen Einlauf machen, dann kam er...Der wollte nur, wenn du dich als Kind verkleidest. ...Der brachte einen anderen mit und sah euch beim Liebesspiel zu..."

Lisa konnte sich lebhaft die Personen und deren Vorlieben vergegenwärtigen, hielt aber alle für gute Menschen, unfähig, ihr ein Leid anzutun." Ja, das war der Kriminalkommissar. Ein schöner Mann. Groß, stark und sehr muskulös. Er hat sich ohne Gerede sofort ausgezogen, legte sich aufs Bett und forderte, jetzt aber feste. Ich drosch mit einem Riemen auf sein Geschlechtsteil ein und er beschwor mich, stärker, stärker. Wenn sein Glied nicht wuchs, legte ich ein dünnes Seil um seinen Penis und zog mit aller Kraft. Er brüllte vor Schmerzen und schrie zugleich, ja, ja, bis sein Samen im hohen Bogen in die Höhe schoss. Ich muss bekennen, es war für mich prickelnd und atemberaubend und in den meisten Fällen war es für mich ein erotischer Genuss. Der Kommissar würde mich aber nie bedrohen oder berauben. Warum auch? Ich ließ alles mit mir geschehen und war zu allem bereit."

Sara blätterte in den Aufzeichnungen weiter, schaute ratlos in die lustsprühenden Augen von Lisa, und las halblaut vor:" Der Pfarrer kommt. Wir trinken ein Glas Wein. Er kramt aus seiner Kutte die Bibel hervor und zitiert: Komm, mein Freund, lass uns aufs Feld hinausgehen und unter Zypressen die Nacht verbringen, dass wir sehen, ob der Weinstock sprosst und die Blüten aufgehen. Da will ich dir meine Liebe schenken. Er schlägt die Soutane hoch, sein Glied hängt schlapp und locker. Er bittet, lass es sprossen. Ich knie vor ihm nieder, rieche den herben Duft, schmecke die säuerliche Schärfe seines Lustbringers und bringe ihn zum Leben. Da steht die machtvolle Herrlichkeit des Mannes. Ich sage, dass ich blühe, er aber will nicht sündigen, will nur die gespaltene Blume sehen und befriedigt sich…....Heute hat sich der Präsident angemeldet. Er ist wie immer pünktlich. Wir speisen und diskutieren über russische Literatur. Zu später Stunde verschwindet er in meinem Schlafzimmer. Ich ziehe mich aus und lasse mich auf allen Vieren nieder. Die Tür öffnet sich, er kommt nackt und ebenfalls auf allen Vieren heraus und bellt mit tiefer Stimme wie ein Hund. Er beriecht mich, ich wehre ab, robbe von ihm fort. Er folgt mir, jagt mich durch das Zimmer, bis ich kraftlos mich ihm nicht mehr entziehen kann. Seine Kondition ist hervorragend. Er bespringt mich zweimal von hinten, begibt sich danach in das Schlafzimmer und erscheint nach kurzer Zeit bekleidet. Er setzt das Gespräch über russische Literatur fort, tut, als sei nichts gewesen…." Sara lachte."Lisa, wenn es nicht so traurig wäre, würde ich an ein Lustspiel denken. Lass uns schlafen gehen."

Am nächsten Tag sollte Sara eine Theaterstück für den „Patrioten" besprechen, das im Schlachthof aufgeführt wurde. Sie verabschiedete sich gegen 17 Uhr von Lisa und kehrte gegen 22 Uhr in ihre Wohnung zurück. Lisa war nicht da. Sara überfiel ein ungutes Gefühl. Sie hetzte nervös zum Haus von Lisa, wartete bis Mitternacht und gab bei der Polizei eine Vermisstenanzeige auf. Man vertröstete sie. Man wolle nichts überstürzen, das Fernbleiben von Personen kläre sich meistens als harmlos auf. Sara hielt es in der Wohnung nicht aus. Sie durchstreifte von der dunklen Frühe bis zur Mittagszeit die Stadt, kehrte in die Wohnung zurück und sank erschöpft ins Bett.

Am Spätnachmittag wurde sie durch kräftige Klopfgeräusche aus tiefem Schlaf geweckt. Sie schwankte zur Tür, vor ihr stand Lisa. Fahl im Gesicht und matt wie ein welkes Blatt." Lisa, was ist passiert?" Lisa antwortete nicht. Ihr Antlitz blieb steinern und kalkweiß. Sie ging stracks in ihr Zimmer und schloss es hinter sich ab. Es musste etwas Schreckliches geschehen sein. Sara dachte sich aus, woran sie nicht denken wollte und suggerierte sich: Bleibe ruhig, entspanne dich, alles ist in Ordnung. Nach Stunden erschien Lisa im Wohnzimmer und berichtete stockend, aber zusammenhängend und geordnet, was sich ereignet hatte. Sie sei gegen 18 Uhr zum Aldi gegangen, um Wildlachs für das Mittagessen des nächsten Tages einzukaufen. Als sie den Discounter verließ, sei ein Auto im Schritttempo vorgefahren und habe vor ihr gehalten. Ein Mann habe die rückwärtige Tür aufgerissen, ein anderer habe sie von hinten ins Auto gestoßen. Sie sei mit einem Tuch chloroformiert worden und habe sehr schnell das Bewusstsein verloren. Irgendwann sei sie zu sich gekommen. Sie habe sich in einem Holzschlag befunden, habe auf geschichteten Holzscheiten gesessen und sei an Händen und Füßen gefesselt gewesen. Zwei maskierte Männer hätten sie verhört. Wo sich die Tagebücher befänden. Der heilige Patroklus habe ihr Kraft gegeben. „Ich erblickte sein Antlitz und die Sterne am Himmel erloschen, wenn ich mein Haupt erhob. Da wusste ich, ich soll schweigen. Die Männer zischten wie lauernde Schlangen, wo sind die Bücher, wir geben dir viel Geld dafür, wo sind sie versteckt. Meine Antwort war stereotyp, ich weiß es nicht. Sie schlugen mich, sie traten gegen meinen Leib und drückten glühende Zigaretten auf meiner Brust und meinen Armen aus. Ich schwieg. Dann drohten sie. Wir geben dir eine Stunde Bedenkzeit. Sprichst du nicht, werden wir dich töten. Überlege dir gut, was dir dein Leben wert ist. Die mir zugefügten Schmerzen waren groß. Aber Patroklus gab mir Vernunft. Er sagte, ein Löwe jagt keine Mäuse. Er braucht große Beute. Du bist nicht das Beuteobjekt, du bist nicht groß, es sind deine Tagebücher, die das Geheimnis bergen. Schweige. Ich überlegte, wer ist der Löwe, wer giert nach den Büchern und warum. Ich fand keine Antwort auf meine Fragen. Es gelang mir, einen Strick, mit dem ich gebunden war, am Holz durchzuscheuern.

Ich verließ den Verschlag, rannte über schlammige Ackerflächen, bis ich schwache Lichter sah und beim Näherkommen Soest erkannte." Lisa zeigte die Hämatome und Brandmale, Sara behandelte sie mit Salben und Pflastern. Am nächsten Tag erstattete Lisa bei der Kriminalpolizei Strafanzeige. Sie schilderte den Vorfall in sich stimmig und widerspruchsfrei. Man hörte sie geduldig an und ließ sie von einem Polizeiarzt untersuchen, der in seinem Befundbericht festhielt, dass die Verletzungen von Lisa sowohl durch Fremdeinwirkung als auch durch Selbstbeschädigung verursacht sein könnten. Der ermittelnde Hauptkommissar Steg wies Sara im Vertrauen darauf hin, dass man der Sache selbstverständlich nachgehen werde, dass dabei aber zu beachten sei, dass Lisa psychisch gestört sei. Er ermöglichte Sara Akteneinsicht." Lesen Sie, das erweitert Ihren Blickwinkel." Aus der Akte ging hervor, dass Lisa als Einzelkind in eine unauffällige Familie geboren wurde. Beide Eltern verstarben, als sie noch Kleinstkind war. Sie wurde von Pflegeeltern aufgenommen, die noch weitere Pflegekinder versorgten und davon lebten. Lisa entwickelte sich zu einem schwierigen Kind. Sie sprach wenig, verweigerte emotionale Kontakte und nahm keine Beziehungen zu Gleichaltrigen auf.

In der Schule nahm sie nicht am Unterricht teil. Sie wurde in eine Sonderschule für Lernbehinderte überwiesen. Psychologische und psychiatrische Untersuchungen ergaben, dass sie autistisch gestört sei. Mit 18 Jahren bezog sie in Dortmund eine eigene Wohnung, wurde sozialpsychiatrisch betreut und bezog Sozialhilfe.

Die Betreuerin notierte in den Besuchsprotokollen, dass ein Gespräch mit Lisa nicht möglich sei, sie jede Form von therapeutischer Beschäftigung ablehne, bis zum dreißigsten Lebensjahr den ganzen Tag über nur Bücher gelesen habe und danach unentwegt Tagebücher schreibe. Einen Einblick in ihre

Aufzeichnungen gewähre sie nicht. Aus unerfindlichen Gründen sei sie nach Soest gezogen.

Sara konnte es kaum glauben. Das sollte die quirlige, hypomanische Lisa sein? Sie konnte die Skepsis des Kommissars verstehen.

Nach Rückkehr in die Wohnung legte Sara ihrer Freundin dar, dass sie weiterhin zusammen wohnen müssten. Von der Polizei sei nicht viel zu erwarten. Lisa solle die Männer aufzählen, denen sie sich am nächsten gefühlt habe. Lisa überlegte, dann begann sie stockend:" Mein Psychiater, natürlich mein Beichtvater von der Franziskanerkirche, der Chef von der Unions-Brauerei, der Rechtsanwalt Apel... Bald hätte ich den Polizeipräsidenten vergessen. Reicht es?"

„Ja, wir werden zu den Herren fahren. Einverstanden?"

Lisa war einverstanden." Ich freue mich auf das Wiedersehen. Wir werden nicht mehr sündigen, aber doch ein wenig die alte Liebesglut anfachen. Die Erinnerung wird sie beflügeln und sie werden dir versichern, dass sie aus reiner Liebe gehandelt haben und sie nicht wollen, dass unser Geheimnis zum Tratsch für frustrierte Weiber verkommt." Auf der Fahrt nach Dortmund schwärmte sie." Ja, ich war eine Frau, die den Männern alle Geheimnisse der Liebe offenbarte. Wir haben uns gemeinsam die Tür zum Himmel aufgeschlossen."

Die Treffen mit den angeblichen Liebhabern von Lisa verliefen für Sara ernüchternd und bestürzend.

Der Polizeipräsident war ein schlanker Mann mit hagerem Gesicht, welligen Haaren und klugen Augen. Er konnte sein Erstaunen nicht verbergen, ein Bekannter von Lisa zu sein. Der Priester war hochgewachsen, ein stolzer Prälat, vernünftig und redlich. „Ich habe nur 1o6 Schäfchen, eine kleine Herde von Gläubigen. Ich kenne jeden davon, aber Sie, gnädige Frau, sind mir gänzlich unbekannt. Sie sind gewiss ein guter Mensch. Ich bin

berufen, die Sünden der Menschen anzuhören und bin auch gern bereit, Ihnen die Beichte abzunehmen. Ich sehe, dass eine große Sünde ihr Herz verbrennt." Lisa stand der Schrecken weiß auf dem Gesicht." Vater, der Himmel hat sich mir aufgetan, verzeiht mir im Namen Jesu, dass ich Sie in Gedanken in den Kreis der Hölle gezogen habe. Richtet mich nicht."
Drehte sich um und lief davon. Sara folgte ihr.
„Lisa, gehen wir noch zum Psychiater?"
„Nein, nein, nein."
Lisa schwieg drei Tage. Dann brachen bei ihr die Dämme.
„Ich war einsam, ich war verlassen. Schon als Kind. Als Stiefkind des Schicksals stand mir nur ein Grundgefühl zu. Angst. Alle spuckten auf mich, dabei wäre ich so gern gewesen wie sie. Jeder war auf seine Art böse zu mir. Deswegen wagte ich nicht zu sprechen. Ich tat nichts, weil ich nur Fehler machte. Ich streckte zaghaft meine Wurzeln aus, doch ich fand keine Erde, aus der ich Lebenssaft hätte ziehen können.
Ich bin ein Stiefkind des Schicksals, aber doch auch ein Kind Gottes mit einer Seele. Ich welkte dahin, verschlossen, weltabgewandt, verbittert. Ich blieb ohne Samen, der aufgeht und reiche Ernte bringt. Eine taube Nuss, die man notgedrungen aushält und allen nur lästig ist. Mit 18 verschanzte ich mich vor der Welt mit Schweigen in einer kleinen Wohnung. Dort starb ein Tag nach dem anderen dahin. In dieser Schattenwelt dämmerte ich über Jahre. Als ich wieder einmal in der Psychiatrie war, fiel mir der Roman von Stefan Zweig „Ungeduld des Herzens" in die Hände. Ich begann ihn zu lesen und konnte davon nicht lassen. Ich besorgte mir weitere Bücher, meistens Liebesromane. Hier traten mir Lebensfreude und Liebesglück entgegen. Mit Staunen nahm ich Licht und Glanz wahr. Wie soll ich sagen, ich befand mich in der Dunkelheit, der Vorhang zerriss und ich erblickte auf einmal den morgendlichen Sonnenschein. Mein Leben hellte sich

auf, ich betrat einen mit Blüten übersäten, duftenden, mit Vogelgesang geschwängerten Garten. Sara, ich war damals etwas älter als du es bist. Die Sinnlichkeit gärte in meinem Fleisch, das brausende Blut meiner Jugend gab mir keine Ruhe. Ich wollte sein wie alle Frauen. Schön, begehrt und geliebt. Und sie kamen, die Männer. Mit den Romanen. Sie lachten und tanzten mit mir, sie rückten näher, wurden zärtlich, küssten mich. Sie flüsterten Liebesworte mir ins Ohr, waren anzüglich und ich lauschte ihnen. Sie lehnten ihren Kopf an meine Schultern, vergruben ihr Gesicht zwischen meinen Brüsten und ich wusste, dass sie nach Liebe verlangen so wie ich. Ich überbrückte die Stunden bis zu den nächtlichen Träumen, tagsüber hielt ich das wahrhaft Erlebte in meinen Tagebüchern fest. Der Bann war gebrochen, ich sprach mit mir und lernte mich kennen."

Sara war bei dem Geständnis wehmütig geworden. Sie fragte: "Was hat es mit St. Patroklus auf sich?"

„Er hat mich aus der Sinnenwelt der Begierde befreit und mir eine neue Geisteswelt geöffnet. Er hat mich zur Heiligen gemacht und mir Wunderkräfte verliehen. Er heißt mich, die Menschen zu überzeugen, dass sie von den Götzen Macht, Geld und Sex ablassen. Wenn ich auf dem Marktplatz stehe und predige, dann sprudelt die Wahrheit Gottes aus meinem Inneren wie das Wasser aus der Quelle. Es erhebt mich und macht mich glücklicher, als es Männer je konnten."

Sara forschte weiter. "Was ist mit deiner Entführung?"

„ Ich lüge nicht. Ich bin überfallen, verschleppt und gefoltert worden und konnte mich selbst befreien. Das ist die reine Wahrheit."

„ Was ist mit deinem Missionsauftrag. Gibst du auf?"

„ Niemals. Ich werde am nächsten Samstag im Groppesaal des Patroklushauses den Weg zu meiner Bekehrung vortragen. Ich werde meine Einsamkeit und Verlassenheit, meine Flucht in den

Sündenpfuhl, meine Erleuchtung und Umkehr schildern. Und St. Patroklus wird bei mir sein."

„Es wäre mir lieb, wenn du die Veranstaltung noch absagen würdest. Du bist gefährdet und ich muss an diesem Tag nach München zu einer Buchvorstellung fahren."

„ Nein, ich bin eine Berufene und Auserwählte und werde mich nicht mehr verkriechen."

Am Freitag fuhr Sara mit dem Zug nach München. Man erwartete sie im Bayrischen Hof. Ihr wurde ein Willkommensgruß überreicht. Eine Handtasche, darin der neue Roman einschließlich eines Rezensionstextes, eine goldene Rolex und ein Kuvert mit 500,- Euro. Beim Abendessen saß sie an einem Einzeltisch und wurde Zeuge eines Gesprächs zwischen zwei Herren, die unweit von ihr saßen.

„Und du glaubst, sie hat das Buch allein geschrieben?"

„ Vielleicht. Es ist inhaltlich primitiv, sprachlich miserabel und lebt von den unendlichen Wiederholungen gleichtöniger und langweiliger Sexszenen. Vielleicht gewollt und abgestellt auf einen bestimmten Leserkreis. Den sexuell Frustrierten."

„ Naja, aber die Roten Wolken haben in den USA und in England einen sagenhaften Erfolg. Wird der sich in Deutschland wiederholen lassen?"

„ Ich bin davon überzeugt. Das Marketingbudget liegt bei 30 Millionen. Das Entscheidende ist aber, dass dieses Buch die erotischen und sexuellen Bedürfnisse und geheimen Wünsche der heutigen Frauen wortreich ausmalt, sie sinnenfroh veranschaulicht und damit vorspiegelt, wie eine emanzipierte Frau zu sein hat."

„Was hat der Verlag für die Drucklizenz bezahlt?"

„Man schweigt sich aus, es wird nicht wenig sein. Es heißt, die Erstauflage liegt bei einer Million."

Zur Einführungskonferenz waren nur drei Kulturjournalisten geladen, von denen man wusste, dass sie willfährig sind. Der Vortragende, Vorstandsmitglied des Verlagkonzerns, war ein junger Amerikaner. Er leitete seinen Vortrag mit Beispielen berühmter Liebespaare in Prosa und Lyrik ein. In diese weltumspannende Literatur reihe sich der Roman Rote Wolken ein. Es sein ein Werk, das auf 700 Seiten die Liebe eines jungen und unschuldigen Mädchens zu einem egozentrischen und sexsüchtigen Manne behandle. Für ihn sei Liebe Sport und Zeitvertreib ohne Sinn und Erfüllung, ein leeres Gefäß ohne Inhalt. Seine Geliebte unterwerfe sich ihm und nehme hin, dass sie für ihn nicht Persönlichkeit, sondern Triebobjekt sei. Mit ihrer selbstlosen, aufopfernder Liebe verwandle sie ihn schrittweise und befähige ihn zu wahrer Menschlichkeit. Der Amerikaner händigte den Journalisten nochmals einen Rezensionstext aus und gab seiner Überzeugung Ausdruck, dass in diesem Sinne das Buch empfohlen werde.

Auf der Rückfahrt beginnt Sara das Buch zu lesen. Sie stutzt. Irgendwie kennt sie dass Geschriebene. Sie liest:" Er schlägt die Soutane hoch, sein Glied hängt schlapp und locker. Er fordert sie auf, lass es sprossen. Sie kniet sich vor ihm nieder, riecht seinen herben Duft und schmeckt die säuerliche Schärfe seines Lustbringers……."

Ihr fallen die Schuppen von den Augen. Sie begreift die Hintergründe der Ereignisse.

Für den Konzern geht es um ein Millionengeschäft. Lisa ist die Autorin des Romans Rote Wolken, ihre Tagebücher sind der Beweis für ihre Urheberschaft. Deshalb müssen Lisa oder ihre Tagebücher beseitigt werden. Ihr fällt ein, dass Lisa um 19 Uhr im Groppesaal missionieren will. Sie schaut auf die Uhr. Der Zug hat bereits eine Stunde Verspätung. Wie soll sie es schaffen, wie kann

sie Lisa retten? Sie geht im Wagen auf und ab, es ist bereits 18 Uhr, der Zug hat gerade Kassel-Wilhelmshöhe verlassen. Wie kann sie Lisa warnen? Der Kommissar. Sie erreicht ihn mit dem Handy.
„Herr Steg, ich habe eine große Bitte. Um 19 Uhr wird Lisa im Groppesaal sprechen. Man wird versuchen, sie zu töten. Man hat ihr die Urheberrechte gestohlen. Die Magnaten des Geldes, die Herren der Macht wollen sie mundtot machen. Lisa ist akut bedroht.. Bitte, gehen Sie zum Groppe-Saal, beschützen Sie Lisa. Bitte."
Der gutmütige Kommissar reagiert wohlwollend.
„ Liebe Frau Reh, was Sie mir verklickern , ist konfus. Da habe ich nun zwei Frauen, die eine ist verrückter als die andere. Aber gut, wenn es sie beruhigt, ich werde mit einem Kollegen mich von Lisa überzeugen lassen. Es kann ja nicht schaden."
Sara stammelt: „Danke, danke" und legt auf. Kurz vor 19 Uhr erreicht Sara Soest. Sie nimmt ein Taxi und drängt den Fahrer ununterbrochen, schneller zu fahren. Nach wenigen Minuten erreicht Sara das Patroklushaus. Sie stürmt in den Saal. Dort sind etwa 20 ältere Männer und Frauen versammelt. In der vordersten Stuhlreihe sitzt Kommissar Steg. Lisa hat vor einem Tisch Platz genommen. Fröhlich und heiter, plaudernd im Ton, beginnt sie zu sprechen: „ Meine Damen und Herren, bevor ich Ihnen das eigentliche Thema nahe bringe, möchte ich ein Geheimnis lüften. Als ich an der Westseite des Doms vorbei ging, sprach St. Patroklus, mein Schutzpatron, zu mir. Er sagte, Lisa, dass du dich von den Götzen eurer Zeit wie ich mich von den Götzen meiner Zeit abgewandt hast, dafür habe ich dich gesegnet. Du sollst weiterhin Zeugnis für unseren einzigen und wahren Gott ablegen und kein Märtyrer werden wie ich. Darum merke dir. Auf dem Tisch im Groppe-Saal wird vor dir ein Glas Wasser stehen. Das Wasser ist mit einer Überdosis eines hochpotenten Betablockers vergiftet. Trinkst du davon, wirst du wie der arme Herr Priel an

Herzversagen sterben. Der Täter sitzt vor dir in der ersten Reihe auf dem ganz rechten Stuhl." Lisa wendet sich zum Genannten. „Treten Sie näher, bekennen Sie Ihre Schuld, Gott verzeiht Ihnen gewiss."

Der Mann erhebt sich, reißt eine Perücke vom Kopf und rennt aus dem Raum. Herr Steg und sein Kollege verfolgen ihn. Wirres Durcheinander. Die Versammelten diskutieren erregt, ob sie einem Betrug oder einem Wunder beigewohnt haben.

Das Weltbild von Sara gerät aus allen Fugen, sie fühlt sich über Tage wie benommen. Sie vergißt darüber nicht ihr Pflicht und verfasst innerlich empört eine Rezension über den Roman Rote Wolken. Es ist ein einziger Verriss:

Dumme Dialoge, langatmig, hohl, niveaulos. Perverse Männer, schweinische Sprache, entwürdigte Frauen. Zwei Tage später steht plötzlich Ernst in ihrem Wohnzimmer.

„Sara, ich kann ohne dich nicht leben. Ich möchte immer mit dir zusammen bleiben." Er umarmt und küsst sie. Sie ziert sich ein wenig, huscht dann mit ihm ins Bett und fühlt sich gehalten und geborgen. Beim Frühstück erwähnt er wie nebenbei:" Die Rezension über die Rote Wolke müsstest du neu schreiben. Ist ja eine merkwürdige Geschichte, in die da Lisa verwickelt ist. Ob sie wohl wahr ist?" Sara schwebt in Liebeswolken. Sie schreibt eine zweite Besprechung. "Es ist ein romantisches, inspirierendes Buch, das fesselt , anregt und erregt. Es enttabuisiert sexuelle Normabweichung, spiegelt die innere Wahrheit des Menschen wider und eröffnet den Frauen neue Dimensionen des Selbsterlebens und des Selbstverstehens. Sprachlich brillant, inhaltlich tiefgründig. Dieser Roman ist nicht nur empfehlenswert, er ist Pflichtlektüre für jede moderne und erfolgreiche Frau und wird seinen Platz in der anspruchsvollen Literatur finden."

Ernst kommentiert die neue Fassung anerkennend: " Manche behaupten, das Schicksal sei launenhaft und unberechenbar. Aber das ist falsch. Wir sind der Welt nicht ausgeliefert, nein, wir erfinden sie. Was wir als Realität betrachten, wird von uns erst erschaffen. Du wirst sehen, deine Buchbesprechung wird die Einstellung der Leser zu diesem Buch bestimmen. Aus einem Schundroman machst du mit Worten moderne und anspruchsvolle Literatur einer genialen Autorin."

Das Handy schrillt. Sara meldet sich. Es ist der Kommissar, Herr Steg. „Frau Sanft, ich möchte Sie als Zeugin hören. Wir brauchen Ihre Hilfe. Lisa ist unauffindbar, seit sie nicht mehr bei Ihnen wohnt. Wissen Sie etwas über Ihren Verbleib? Sie ist jetzt eine berühmte und reiche Frau. Das zuständige Londoner Gericht hat ihr die Urheberschaft am Roman Rote Wolken zugesprochen."

Sara überlegt kurz. "Herr Kommissar, wir kennen Lisa als wunderbaren Menschen. Ihr Leben hat zweifelsohne ein Zuviel an Mystik und Geheimnis und ein Zuwenig an Realität. Aber sie hat uns eines voraus. Ihre Visionen machen Wahrheiten sichtbar und sprengen Grenzen unserer Erfahrungswelt. Sie wird wohl anderen Orts ihrer Berufung folgen. Sie ist wie ein flüchtiges Wetterleuchten. Ansehen und Reichtum bedeuten ihr nichts. Sie passt nicht zu uns und wir passen nicht zu ihr. Belassen wir es dabei."

Bisher sind vom Autor erschienen:

Siegfried Binder
Legenden um die Liebe
174 Seiten
2014 Verlag: edition fischer
ISBN 978-3-86455-928-0
Euro 9,80

Siegfried Binder
Leidenschaft schafft Leiden.
154 Seiten
2015 Verlag: Books on Demand, Norderstedt, 2. Aufl.
ISBN 978-3-734-761-300
Euro 9,80

Siegfried Binder
Bilki – Geschichten von dem afrikanischen Mädchen Bilki
60 Seiten (für acht bis zwölf Jahre)
2015 Verlag: Books on Demand, Norderstedt
ISBN 978-3-738-627-640
Euro 8,99